KAISER Y TRENYRS

Kaiser y Trenyrs

Pryderi Gwyn Jones

Gwasg Carreg Gwalch

Argraffiad cyntaf: 2021

Rhif Llyfr Safonol Rhyngwladol:
978-1-84527-777-2

CYNGOR LLYFRAU CYMRU

Cyhoeddwyd gyda chymorth Cyngor Llyfrau Cymru

Dylunio: Eleri Owen
Llun clawr a lluniau: Huw Richards

Cyhoeddwyd gan Wasg Carreg Gwalch,
12 Iard yr Orsaf, Llanrwst, Dyffryn Conwy, Cymru LL26 0EH.
Ffôn: 01492 642031
e-bost: llyfrau@carreg-gwalch.cymru
lle ar y we: www.carreg-gwalch.cymru

Argraffwyd a chyhoeddwyd yng Nghymru

I Nia

Diolch i Nia, i Non ac i Efa am y llun.
Diolch i Huw am dynnu llunia'.
Diolch i Myrddin, Llio, Anwen, Eleri Llwyd a Mam.

Y pump o bobol yn y stori yma ydy:

Hari Fflint (Flinty) o'r Wyddgrug sydd ddim yn hoffi lot o ddim byd heblaw am CPD Mold Alexandra a Nike Mercurial Superfly 7 Elite Se FG. Ond pâr o Nike Phantom Vision sydd ganddo fo.

Tiffany Parry (Tiff) o Gaerdydd sy'n hoffi Nike, Ellesse, Bench a Vans off the Wall. Hefyd, Krispy Kreme, ond mae hi'n meddwl bod byta mwy nag un yn rhoi plorod iddi ar ei gên.

Ceredig Lewis o Ffos-y-ffin ger Aberaeron sydd mewn cariad efo'i Manitou Telehandler. Siaced sgwariog, bŵts a welis Hoggs of Fife mae e'n eu gwisgo ar y fferm ond sgidia Puma i 'whare sports' yn yr ysgol.

Gwendoline James o Gonwy. Shhhh! Tawel iawn a ddim yn siarad efo neb heblaw Siri ar ei ffôn. Mae ganddi 5 pâr o Superstars gwahanol liwiau, ond mae un pâr wedi mynd yn rhy fach.

Yr Arwr (BYT) Brenin y Trenyrs. Aeth o'n denau iawn ar ôl cadw ei bres cinio am fisoedd i brynu trenyrs. Roedd yn smyglo darn o grystyn a hanner banana o'r gegin ac yn eu byta'n slei bach yn yr ysgol bob dydd. Cadwodd y pres cinio i brynu adidas ZX100000. Roedd hyn cyn i'r system ParentPay gael ei defnyddio.

Wastio pres

Dydd Sadwrn arall ac ro'n i'n cerdded adra o'r dre efo tair sgarff Cymru a dwy het Cymru o JD Sport. Ro'n i wedi gwario £44 ar betha do'n i ddim isio o gwbl. Roedd y sgarffiau yn costio £8 yr un a'r hetiau yn £10 yr un. Ro'n i wedi gwario fy mhres i gyd yn JD. Pob ceiniog ro'n i'n cael gan Mam ers bron i dri mis, a'r pres ro'n i wedi'i gael ar fy mhen-blwydd yn 14 oed. Bron £80.

Dim ond newid mân sy gen i ar ôl yn y drôr gwaelod rŵan. Os basa Dad yn dod i wbod fy mod i'n gwario fy mhres fel hyn mi faswn i mewn trwbl. Trwbl mawr hefyd. Mae o isio i mi gadw fy mhres i brynu car pan fydda i'n 17 oed. Ac os basa fo'n gwbod mai yn JD dwi wedi bod yn gwario'r holl bres 'ma mi fasa fo'n fy lladd i.

Mae £80 yn lot o bres. Roedd o'n ddigon i mi gael pâr arall o Gazelles adidas neu hyd yn oed bâr o Puma Rs-x3 Puzzle. £35 arall ar ben yr £80 ac mi faswn i'n gallu fforddio pâr o Nike React Element 55 SE.

Ar Gymdeithas Bêl-droed Cymru, y Football Association of Wales, mae'r bai fy mod i wedi gwario fy mhres i gyd ar betha dydw i ddim isio go iawn. Pan dach chi'n prynu petha pêl-droed Cymru sydd wedi cael eu gwneud gan adidas, rhwbath fel crys Cymru neu siorts, unrhyw ran o'r cit a deud y gwir, dach chi'n cael cod sbesial ganddyn nhw wrth dalu. Mae cod i gael hefyd am betha fel sgarff Cymru a hetia Cymru, sydd yn costio llai na'r cit pêl-droed. Dach chi'n cael cod am bob un o'r petha 'ma. Wedyn, mae'n rhaid i chi fynd ar y we ar safle'r FAW a rhoi'r cod i mewn i weld a ydach chi'n un o'r pump lwcus sydd wedi cael Cod Aur.

Y wobr ydy ...

Dwi bron â marw eisiau cod aur achos os gewch chi un, mae hynny'n meddwl eich bod chi yn un o'r rhai sydd wedi ennill y wobr. Mae'r wobr yn hollol, hollol anhygoel! Gwych, ffantastig ... a phob gair disgrifio arall y byddai Miss Elias Cymraeg yn ei wbod i ddisgrifio rhwbath arbennig iawn iawn. Y wobr ydy trip i'r lle adidas! Trip i brif le adidas yn y byd a mil o ewros i'w gwario yno! Be ydach chi'n feddwl o hynna? Ddim yn ddrwg nac ydy? Gwell na chic yn eich tin!

Yn yr Almaen mae'r lle adidas, yn ymyl Nuremberg. Mewn pentre bach yn fan'no y cafodd y cwmni ei greu, pentre efo enw hir anodd i'w sillafu'n iawn – Herzogenaurach. Edrych fel Cymraeg heblaw am y z 'na. Dwi bron â marw isio mynd. Cyfle i weld lle roedd Adi Dassler yn byw. Cael gweld y ffatri gynta un lle roeddan nhw'n gwneud y sgidia cynta. Wedyn y brif swyddfa newydd lle mae 6000 o bobol yn mynd i weithio bob dydd.

Os edrychwch chi ar y we mi gewch chi weld llunia o beth sydd yna. Adeiladau o'r enw Spikes ac un arall o'r enw Laces. Adeilad arall wedyn o'r enw Half Time ac un arall o'r enw Arena.

Arena ydy'r un dwi isio'i weld achos mae o wedi cael ei adeiladu ar stilts uwchben y ddaear, ac mae o'n edrych fel rhwyd gôl pêl-droed. Mae o'n lle pwysig ofnadwy i adidas; fan'na ydy *Global Headquarter*s y cwmni. Eu Prif Swyddfa nhw yn y byd. Fan'na maen nhw'n rhedeg yr holl sioe, yn gwneud penderfyniadau pwysig a galwadau ffôn pwysig ofnadwy.

Fan'na hefyd maen nhw'n dylunio trenyrs a'r holl betha arall chwaraeon maen nhw'n wneud. Mae yna lwyth o siopa anferth yn gwerthu pob dim adidas yna hefyd. Yr holl drenyrs sydd wedi cael eu gwneud erioed ers dechra amser. Nid dim ond adidas sydd yna. Mae gan Puma a Nike siopa mawr mawr yna hefyd. Nefoedd!

Arwydd 'L' ar ei dalcen

Mae'n wir! Dwi wedi mynd dros ben llestri efo'r gystadleuaeth 'ma. Wedi gwario fy mhres i gyd. Y peth rhataf efo'r cod ydy sgarffiau Cymru, a dyna pam fod gen i chwech ohonyn nhw o dan fy ngwely. Nage, pump o dan y gwely achos mae un yn hongian ar y peg ar gefn drws llofft efo fy nghôt. Mae gen i hefyd dair het, ac mae dwy o'r hetia 'na dan y gwely hefyd! Mi ges i god oddi ar y crys Cymru roedd Dyl fy ffrind wedi cael ar ei ben-blwydd. Ffrind da ydy Dyl. A chwara teg i Lloyd, cariad Lisa fy chwaer hŷn, mi wnaeth o roi tri chod i fi achos bod ryw hogyn bach oedd yn perthyn iddo fo wedi cael cit newydd Cymru – y crys, y siorts a'r sanau. Roedd y sanau i blant bach yn costio £17!

Dwi'n trio peidio meddwl fy mod i wedi wastio fy mhres i gyd. Wna i ddim ffendio allan tan nos Lun. Nos

Lun am 6 o'r gloch mae'r gystadleuaeth yn cau. Mae pob cod yn mynd wedyn i'r loteri fawr ac mae'r cyfrifiadur yn dewis pump cod aur. Pum cod aur i bump o enillwyr lwcus iawn.

Dwi ond yn gobeithio y bydd o werth yr ymdrech yn y diwedd! Dwi wedi sôn wrth fy ffrindia am y gystadleuaeth a dwi wedi cael 'chydig o help. Do'n i ddim isio deud wrth bawb neu mi fyddai pawb yn trio a byddai llai o obaith i fi ennill.

Os basa pawb yn gwbod y gwir am faint dwi wedi'i wario, wel, mi faswn i mewn trwbl go iawn! Mi fasa Dad yn gandryll. Mi fasa Mam yn siomedig. Mi fasa Lisa fy chwaer yn meddwl fy mod i wedi mynd yn dwlal, a Lloyd, ei chariad, yn deud dim, jyst sbio arna i a gwneud arwydd 'L' ar ei dalcen efo'i fys a'i fawd llaw dde.

13 cod i'r gystadleuaeth

Ro'n i'n poeni am yr £80 yna ac ro'n i'n dechra poeni am rwbath arall hefyd. Ro'n i'n dechra poeni am y rhif 13. Pam 13? Wel, 13 siawns oedd gen i yn y gystadleuaeth achos 13 cod Cymru ro'n i wedi'u cael. Dyma sut ro'n i wedi cyfri 13 peth gyda'r cod arnyn nhw i'r gystadleuaeth:

- 6 sgarff
- 3 het
- Crys newydd Cymru gan Dyl
- Crys, siorts a sana'r hogyn bach roedd Lloyd cariad Lisa yn ei nabod

Ro'n i'n poeni 'chydig bach bod pobol yn deud bod 13

yn rhif anlwcus. Buon ni'n siarad am y peth ryw fore yn yr ysgol, dwi'n cofio'n iawn.

"Ond sut ma rhif yn gallu bod yn anlwcus?" medda Ieu, ddim yn dallt y peth o gwbl.

"Wel, dwn i'm," medda Mr Hughes, adeg cofrestru. "Ofergoel ydy'r gair amdano fo, *superstition* yn Saesneg. Mae rhai pobol yn meddwl bod dydd Gwener 13 yn anlwcus, yn dydyn nhw."

"Ydyn," medda Dyl, wrth fy ochr i, "tan amser cinio, ia?"

"Dwi ddim yn rhy siŵr am hynna, Dylan," medda Mr Hughes. "Ond os ewch chi i ambell westy efo lot o loriau a mynd yn y lifft mi gewch chi weld bod y lloriau'n mynd fel hyn – un, dau, tri, pedwar, pump, chwech, saith, wyth, naw, deg, un ar ddeg, deuddeg A, deuddeg B ac wedyn 14. Maen nhw'n osgoi defyddio 13!"

"Mae hynna'n od," medda Lowri.

"Mae o!" medda syr, cyn gofyn, "Pwy sy'n gwbod lle mae stafell 13 yn yr ysgol yma?"

Doedd neb yn gwbod. Neb yn ateb. A dyna pryd ges i syniad. Be wnes i oedd edrych ar y map ar gefn drws y stafell ddosbarth. Y map sy'n dangos sut i fynd allan os oes yna dân. Cynllun o'r ysgol ac mae pob stafell arno fo.

"Wel? Lle mae stafell 13?" holodd Mr Hughes.

"Y lle bach wrth ymyl stafell Mrs James ydy o," medda fi.

"Ia, dyna ti, y lle wrth ymyl swyddfa Mrs James yr ysgrifenyddes," medda Mr Hughes. "Lle mae'r llungopïo yn cael ei wneud. Does dim stafell ddosbarth rhif 13 i'w chael!"

"Waw!" medda pawb yn ddryslyd.

Wedyn, dyma Cerys Anna yn sôn am lun Leonardo da Vinci o'r Swper Olaf. Hen, hen lun o Iesu Grist a'i ddisgyblion. 13 oedd yn y llun a dyma Mr Hughes yn rhoi'r llun i ni ei weld ar y bwrdd gwyn fel bod pawb yn cyfrif ac yn gwbod am be roedd Cerys Anna yn sôn. Doedden ni ddim yn gwbod be i'w ddeud am syniad Cerys Anna. Ond wedyn, roedd pawb yn cytuno gyda Siân pan ddwedodd hi fod 13 yn anlwcus achos pan dach chi'n 13 oed dach chi'n gorfod cael pigiadau yn yr ysgol. Awww!

Trip i'r nefoedd

Tachwedd 19. Diwrnod pwysig am ddau reswm. Yn gynta, dyna pryd mae'r gystadleuaeth yn dod i ben. Yn ail, mae Cymru'n chwarae'r gêm ola cyn yr Ewros ac mae'n rhaid ennill y gêm i fynd i Ewrop yn yr haf. Dim ond dau ddiwrnod sydd tan hynny. Wedyn, byddai 5 o bobol uffernol o lwcus yn cael hedfan i Munich, wedyn cael tacsi i Nuremberg ac wedyn yn cael mynd i brif swyddfa fawr adidas a gweld yr holl drenyrs sydd i'w cael yn y byd!

Roedd yna siopa anferth adidas a Puma yn y lle. Dwedodd rhywun fod gan Nike siop fawr fawr yna hefyd er mwyn cystadlu efo'r ddau gwmni arall. *Outlets* mae'r siopa yma'n cael eu galw, neu siopa ffatri, *factory shops*.

Roedd y lle yn swnio fel nefoedd i mi. Ddysgon ni yn Addysg Grefyddol fod y rhan fwya o grefyddau'r byd yn credu yn y syniad o nefoedd. Hindŵaeth. Islam. Pawb bron. Dydw i ddim yn cofio eu henwa nhw rŵan, ond y trip yma oedd fy syniad i o nefoedd.

Ro'n i wir isio mynd! Dyna pam fy mod i wedi gwario £80 ar betha do'n i ddim isio nhw go iawn. Y sgarffiau a'r hetia Cymru oedd y petha rhataf ro'n i'n gallu eu ffendio yn JD er mwyn cael y cod. Y peth nesa atyn nhw oedd sanau plant bach. Do'n i ddim yn gallu cael hyd i *key rings* na waledi na dim byd felly. Roeddwn yn meddwl y byddai'r rheiny'n rhatach ond doedd 'na ddim ar werth. Dim capiau pig chwaith.

13 cod. 13 siawns.

Cryf fel tarw

Ping

Dyl oedd yna.

Iawn?
Iawn
Ti'n cofio am fory?
Be?
Gym
Yndw
Wela i di yna am 2
Iawn
Byddwn ni'n solid mewn wythnos!
Ti'n meddwl?
Dan ni'n solid yn barod
Ha! 💪

Y gwir oedd, doedden ni ddim yn solid o gwbl. Dyna pam ein bod ni isio mynd i'r *gym*. Roeddan ni'n dau wedi troi'n 14 oed ac yn cael mynd i'r *gym* ar ein penna ein hunain rŵan. Felly, ro'n i am symud y dymbels a'r fainc a'r pwysa i gyd allan o fy llofft. Roeddan nhw'n cymryd gormod o le, a fi oedd efo'r llofft leia yn y tŷ. Pan fydd Lisa 'di mynd i'r coleg, dwi am wneud *gym* bach i fi fy hun yn ei llofft hi heb ddeud dim byd, wedyn clirio'r lle cyn iddi ddod 'nôl adra gwylia Dolig a Pasg a ballu.

Fe gawson ni glamp o ginio dydd Sul. Cyw iâr a thatws, pedair o datws 'di rhostio, pys a brocoli. Grefi tew brown neis dros bob dim hefyd. Dad oedd 'di paratoi'r llysia a Mam oedd 'di coginio bob dim. Fy job i a Lisa oedd gwneud diod i bawb a chlirio'r llestri wedyn. Roedd hyn yn boen, ond roedd rhaid i bawb wneud ei ran, medda Mam, ac fel yna, roedd pawb yn hapus. Roedd Lisa'n hapusach nag arfer heddiw achos fod y llysia i gyd yn rhai organig. Roedd hi'n meddwl bod hynny'n bwysig iawn ac wedi perswadio Mam i brynu llysia a ffrwytha organig yn unig.

Doedd Dad ddim yn gwbod am hyn eto. Wel, doedd o heb ddeud dim byd wrth dynnu'r llysia priddlyd o'r bag papur brown. Doedden ni ddim isio sôn rhyw lawer am y peth achos bod y petha organig 'ma yn costio 'chydig bach mwy yn yr archfarchnad.

Crymbl Lisa

Roedd yna wyrth wedi digwydd noson cynt – nos Sadwrn. Roedd Lisa wedi dod oddi ar ei ffôn yn ddigon hir i wneud crymbl afal i ni i bwdin. Cwstard ar ei ben o. Roedd o yn neis ofnadwy.

"Hwn ydy'r crymbl gora dwi 'rioed 'di gael," medda

fi wrth Lisa er mwyn ei chanmol hi. Doedd hynna ddim yn hollol wir ond deud petha da ro'n i er mwyn iddi wneud un arall wsnos nesa, siŵr iawn.

"Mae o ***yn*** neis, Lisa," medda Mam, "a tro nesa be am roi coconyt efo'r siwgr i felysu mwy arno fo?"

"Gas gen i goconyt," medda Dad. "Mae o'n iawn fel mae o, ond tro nesa, gwna un mwy!"

Beth bynnag, clirion ni'r gegin. Aeth Mam i eistedd i'r ardd gefn i gael awyr iach er ei bod hi 'chydig yn oer. Aeth Dad i'w gadair i wylio diwedd *Match of the Day* oedd wedi cael ei recordio. Fel arfer, roedd o wedi syrthio i gysgu cyn gweld y gemau ola ar y rhaglen noson cynt. Roedd o wedi blino gan mai ei dro fo oedd gweithio ar y melinau gwynt ddydd Sadwrn.

Maen nhw'n codi mwy a mwy o felinau gwynt ar y tir uchel allan yn y wlad y tu ôl i'r dre. O bell, maen nhw'n edrych yn fach iawn ond pan es i a Dyl efo Dad yn y tryc i'w gweld nhw'n agos, fe gawson ni sioc a hanner. Roeddan nhw'n anferth o fawr.

PING

Dyl oedd yna.

Barod? Wela i di tu allan y lle 1.55
Iawn Dyl
Mewn hanner awr mae hynna'n feddwl!
Iawn! 👍

Mae Dyl yn licio bod ym mhob man yn gynnar. Dwi'n trio bod yn brydlon hefyd ond weithia dwi'n hwyr yn cyrraedd llefydd. Dyl sy'n iawn, ma'n siŵr.

Mi es i'r llofft i roi 'nhrowsus tracsiwt ddu efo tair

streipan wen, a fy nghrys-T glas. Llenwi potel ddŵr o'r gegin, ZXs am fy nhraed, côt amdanaf, a ffwrdd â fi i gwrdd Dyl tu allan i'r ganolfan hamdden sydd ryw ddeg munud i ffwrdd o'n tŷ ni.

Roedd Dyl yna o fy mlaen i, yn ei Nike Pegasus. Roeddan ni'n rêl bois.

"Iawn, Dyl?" medda fi.

"Iawn, yr hen fêt," medda Dyl, fel ryw hen ddyn. "Ti'n barod am hyn?"

"Dwi 'di byta lot gormod o ginio!" medda fi.

"Amatyr!" medda Dyl a 'nharo i ar gefn fy mhen am hwyl. "Gwatsia di daro rhech dros y lle. Fyddwn ni'n *banned* o'r *gym* a dydan ni heb ddechra mynd yna eto!"

"Fydda i'n ofalus," medda finna, ddim yn meddwl bod gen i ddim byd i boeni amdano fo, er bod fy mol i'n llawn dop ac yn dynn, dynn.

"Pwy arall fydd yna, tybad?" medda Dyl.

"Neb, gobeithio!" medda fi.

Trafferth yn y dderbynfa

Aethon ni i'r dderbynfa ac ar ôl aros am 'chydig i rieni a phlant bach dalu am fynd i nofio, mi ddwedodd Dyl ein bod ni'n dau wedi dod yna i gael *injection gym*.

"Be?!" medda'r ddynas efo sbectol a thracsiwt las o flaen y cyfrifiadur.

"*Injection gym*," medda Dyl eto a sbio ar y ddynas ac wedyn sbio arnaf fi.

Ro'n ni'n gallu deud bod y ddynas bron â byrstio isio chwerthin am ein pennau ni, ond wnaeth hi ddim. Be wnaeth hi oedd pasio'r jôc ymlaen dros y system *tannoy* er mwyn i'r person oedd am ddangos i ni sut i ddefnyddio'r peirianna ddod i'n nôl ni o'r dderbynfa.

Gwnaeth ei hwyneb yn ddifrifol, er bod ei llygaid hi'n chwerthin, rhoi ei cheg wrth y meicroffon a deud fel hyn, dros y lle:

"Jennifer. Jennifer, i'r dderbynfa, *to reception* plis! *Gym injection* yn barod, *ready*."

Wedyn, dwedodd y ddynas sbectol wrthon ni am aros yn fan'na am funud a mynd ymlaen efo ryw wên gam ar ei gwefusa hi i werthu gogls i ryw hogan fach, a'i nain hi'n dotio arni yn dal ei llaw allan efo'r pres.

Edrychodd Dyl a finna ar ein gilydd yn amheus ond wedyn daeth y ferch ifanc 'ma draw aton ni. Roedd hi hefyd yn gwisgo tracsiwt las y ganolfan hamdden a'i gwallt hir gola wedi'i glymu 'nôl yn dynn. Rhoddodd hi winc ar y ddynas sbectol tu ôl i'r ddesg.

Bobol bach, roedd hi'n ffit!

"Helô, hogia! Jennifer dwi. 'Di dod am *Induction Gym* dach chi, ia?"

"Ia!" medda Dyl a finna efo'n gilydd.

"'Dan ni'n gorfod dod i gael dysgu sut mae defnyddio'r peirianna," medda Dyl, wrth i ni ddilyn Jennifer drwy'r drysa ac i'r lle *gym*. Roeddan ni'n clywed ogla cryf ei sent hi dros y lle ac roedd ganddi hi lwyth o golur ar ei hwyneb. Roedd hi'n edrych fwy fel dynes siop trin gwallt na dynes oedd yn gweithio yn y ganolfan hamdden.

"Yndach," medda Jennifer, "dach chi'n gorfod dod i wrando arnaf fi pnawn 'ma ond mae o'n rhad ac am ddim. Bydd rhaid i chi dalu £2.50 y tro nesa dach chi isio dod, neu ddod yn aelod o'r lle 'de."

"Faint mae o'n costio i fod yn aelod?" holodd Dyl.

"Ugain punt y mis i blant ysgol," medda Jennifer.

Criw od

Pan gyrhaeddon ni'r *gym* roedd yna dri o bobol eraill yn aros amdanon ni. Fflur, merch â wyneb siriys iawn. Yn y chweched dosbarth yn 'rysgol. Sbectol fawr ddu a threnyrs adidas trib tram coch a gwyn newydd sbon am ei thraed. Hen ddyn bach pen moel mewn trowsus du a belt, string fest a slip-ons du oedd y llall. Dyn tal tena mewn tracsiwt werdd efo head-band melyn a hen drenyrs Dunlop am ei draed oedd yr ola. Roedd Mam yn deud bod y doctor yn anfon pobol i'r *gym* weithia a'u bod nhw'n cael mynd am ddim. Criw rhyfadd oeddan ni!

Ddwedodd neb air wrth ei gilydd, ac roedd Fflur yn edrych yn flin. Doedd dim rhaid i Jennifer wneud dim i ddal ein sylw ni na gofyn i ni

fod yn ddistaw. Be wnaeth hi oedd tynnu top ei thracsiwt ac wedyn tynnu'r trowsus a'u plygu nhw'n ofalus a'u rhoi nhw yn un o'r loceri.

Doedd Dyl a finna ddim yn gwbod lle i sbio achos roedd hi mewn legins tyn pinc a thop bach cwta glas gola. Roedd ganddi fodrwy yn ei botwm bol. Trenyrs NB oedd ganddi efo clamp o wadn wen arnyn nhw. Doedd hi ddim yn edrych fel rhywun o siop trin gwallt rŵan. Roedd hi'n edrych fel tasa hi wedi treulio lot fawr o amser yn gwneud ymarfer corff. Llyncais yn galed. Bobol bach!

"Ddechreuwn ni'n fan'ma wrth rwbath pwysig iawn. Y peiriant dŵr!" medda Jennifer. "Dowch yn nes i chi gael clywed yn iawn. Diogelwch ydy'r peth pwysica un yn y gampfa 'ma, a chyn dechra gwneud dim byd, mae'n rhaid i bawb ddallt hynny ... Iawn?" medda hi yn sbio ar bob un ohonon ni yn ein tro a phawb yn nodio ei ben fel dwn i'm be.

Mi soniodd hi am lot fawr o betha. Y dillad roeddach chi fod i'w gwisgo, y darn punt i'r locyr ac am i ni gofio dod â photel efo ni i ddal dŵr. Hefyd, sychu'r peirianna efo cadach neu liain ar ôl i ni eu defnyddio nhw. Roeddan ni fod i ddod â rhwbath efo ni i wneud y job.

Roedd pob dim yn mynd yn dda tan ...

Roedd pob dim yn mynd yn dda tan i ni ddechra mynd rownd y peirianna fesul un. Gofynnodd Jennifer i'r dyn bach yn y fest eistedd ar y peiriant rhwyfo. Dim problem. Gofynnodd i Fflur godi 'chydig o dymbels ysgafn a'u rhoi nhw 'nôl yn y lle iawn heb eu gollwng nhw ar ei thraed. Dim problem. Gofynnodd i foi'r *head-band* fynd ar y peiriant rhedeg a chychwyn yn ara deg, wedyn cyflymu, wedyn arafu eto. Dim problem.

Fy nhro i oedd nesa. Gofynnodd i fi orwedd ar fy mol ar fainc a chyrlio fy nghoesa rownd er mwyn codi pwysa. Mi wnes i unwaith neu ddwy a doedd o ddim yn drwm o gwbl. Ond gofynnodd i mi ddal ati ac roedd pawb yn edrych arna i, yn doedden nhw. Roedd y peth yn mynd yn drymach bob tro a 'nghoesa i'n dechra brifo go iawn.

A dyna pryd y digwyddodd o!

Wrth i mi gymryd y straen mi wnes i ollwng un – yn union fel roedd Dyl wedi'i ddeud cynt. Roedd gen i gymaint o gywilydd! Mi godais yn sydyn oddi ar y fainc. Roedd Dyl 'di tynnu ei hwdi dros ei drwyn ac roedd o'n rowlio chwerthin. Mi wnaeth pawb arall actio fel eu bod nhw heb sylwi ond daeth y wers *induction* i ben yn reit sydyn ar ôl hynna a chafodd Dyl ddim tro ar ddim byd.

"Diolch i ti, boi!" medda dyn y fest yn fy nghlust i wrth i ni adael y *gym*.

"Am be?" medda fi, yn methu dallt am be ar y ddaear roedd o'n mwydro.

"Am i ni gael gorffan yn fuan!" medda fo a chwerthin dros y lle.

Wrth fynd allan heibio'r ddesg mi ofynnodd y ddynes efo sbectol i ni aros am funud. Roedd Jennifer isio gair efo ni. Oedden ni mewn trwbl? Pan ddaeth Jennifer mi ofynnodd i ni ei dilyn hi i stafell arall. Y stafell feddygol. Wedyn, tra oedd hi'n ffidlan yn y bocs gwyrdd cymorth cynta, gofynnodd i ni rowlio ein llawes i fyny iddi gael rhoi *gym injection* i ni. Ond doedd hi ddim yn medru peidio chwerthin a medda hi, "Rhai da ydach chi. *Gym injection*, wir! Cofiwch be ddwedes i am y pwysa 'na. Cymrwch ofal!"

Mi aeth hi wedyn i ddeud yr hanes wrth y ddynes sbectol a deud ta-ra wrthon ni, a "Wela i chi eto!"

Ro'n i'n hoffi Jennifer!

1 mewn 10 miliwn

Yn yr ysgol dydd Llun roedd cefn fy nghoesa i'n brifo ac ro'n i ar bigau'r drain. Meddwl am wedyn o'n i. Meddwl am chwech o'r gloch, achos dyna pryd roedd y gystadleuaeth yn cau. Roedd y rhif 13 yn dal yn fy mhoeni i hefyd. 13 cod, 13 cyfle i ennill. Doedd yna ddim gwasanaeth achos bod set y sioe Nadolig wedi cael ei gosod.

Yn Maths roeddan ni'n sôn am debygolrwydd. Roedd yna hwyliau da ar Miss a dyma hi'n sôn am y Loteri Genedlaethol ac am Loteri fawr Ewrop. Os oeddach chi'n prynu un tocyn loteri doedd gynnoch chi ddim llawer o obaith ennill dim pres. Dangosodd Miss wefan Lotto i ni oedd yn dangos mai 1 siawns mewn 455,057,474 oedd gynnoch chi, tra oedd 1 siawns mewn 7,509,579 i chi gael 5 rhif a'r bêl bonws. I ennill jacpot yr Euromillions, 1 siawns mewn 139,838,160 oedd gynnoch chi.

"Deud y gwir," medda Miss, "mae yna fwy o debygolrwydd eich bod yn mynd i gael eich taro gan fellten nag ennill y loteri. Mae mwy o debygolrwydd eich bod chi am ennill medal aur yn y gemau Olympaidd hefyd, wir yr!"

Dangosodd i ni'r fathemateg ar y bwrdd gwyn. Roedd y tebygolrwydd o gael eich taro gan fellten yn 1 mewn 10 miliwn. Y tebygolrwydd o ennill medal aur yn yr Olympics oedd 1 mewn 662,000. Roedd gynnoch chi 1 siawns mewn 2 filiwn i fod yn ofodwr neu'n astronot!

Gwnaeth hyn i gyd i fi feddwl am y tebygolrwydd fy mod i'n mynd i gael cod aur yng nghystadleuaeth yr FAW. Faint o bobol oedd yn mynd i drio'r gystadleuaeth, tybed? Tua 30,000 sy'n gwylio Cymru yn stadiwm Caerdydd, ynde? 13 siawns mewn 30,000. Ddim yn llawer, yn nac ydy? Gallai'r rhif fod yn lot mwy na hynna hefyd os ydy pawb o'r 30,000 yna 'di prynu dau neu dri o betha adidas Cymru. A beth am holl ffans Cymru sydd ddim yn mynd i'r gemau? O na! Doedd gen i ddim gobaith caneri.

Ro'n i'n methu canolbwyntio ryw lawer yn y gwersi pnawn. Hanes ac wedyn Saesneg. 6 o'r gloch oedd ar fy meddwl. Yn y wers Saesneg, roedd Miss eisiau i ni roi penillion rhyw gerdd o'r enw 'The Ancient Mariner' mewn trefn. Dyfalu'n gyfan gwbl wnes i.

Syniad dwl oedd o i ddechra ond ...

Yn y wers ola, y wers Saesneg honno, y ces i syniad. Pan dach chi'n meddwl a meddwl am rwbath dach chi'n siŵr o gael syniadau. Mae rhai syniadau yn ddwl iawn ond yng nghanol y syniada dwl a gwirion, weithia mae yna rwbath da. Do'n i ddim yn siŵr ar y dechra os mai syniad dwl neu syniad da oeddwn i wedi'i gael. Ond mi wnaeth syniad dwl droi yn syniad da wedyn. Syniad da iawn hefyd.

Y syniad oedd mynd i sefyll y tu allan i JD ar ôl ysgol ac aros yna tan iddi gau am hanner awr wedi pump. I be? Doedd gen i ddim ceiniog ar ôl i'w wario ynddi i drio cael cod arall! Ond byddai pobol eraill yn mynd i mewn ac yn dod allan wedi prynu petha. Roedd yna bosibilrwydd – posibilrwydd bychan bach – y byddai rhywun yn tynnu beth roeddan nhw wedi'i brynu allan o'r bag ac yn rhoi'r papurau derbynneb a phetha yn y bin y tu allan.

Dydw i erioed wedi mynd i nôl dim byd o unrhyw fin o'r blaen. Heblaw am fy nghas pensilia pan wnaeth Max ei daflu fo yna am hwyl rhyw amser cinio. Roedd yna ogla croen oren arno fo am dipyn wedyn. Ond, roedd nôl rhwbath o'r bin ar y stryd yn wahanol. Dyna pam wnes i baratoi yn ofalus a nôl pâr o fenyg plastig o gefn labordy Cemeg Mr Roberts ar ôl y gloch hanner awr 'di tri. Lwcus bod yna neb yn y lab pan es i yna'n ddistaw bach.

Ar y ffordd o'r ysgol i ganol dre anfonais neges at Lisa yn deud wrthi 'mod i'n mynd i dŷ Dyl ar ôl ysgol ac am ddeud wrth Mam y byddwn i adra erbyn swper. Dwi'n arfar deud bob dim, bron, wrth Dyl, ond am ryw reswm, do'n i ddim eisiau deud wrtho fy mod i am aros y tu allan i JD am bron i ddwy awr. Doeddwn i ddim eisiau deud wrtho fo rhag ofn iddo fo feddwl fy mod i'n od iawn. Hefyd, fy syniad i oedd o, ac ro'n i eisiau gwneud hyn ar fy mhen fy hun.

Gwelais fy hun o'r cefn

Es i am dro rownd y siop i ddechra i gynhesu. Roedd hi'n reit oer tu allan. Gwelais fy hun o'r cefn mewn du a gwyn ar y sgrin uwch ben. Boi ifanc, cerdded yn chwithig, gwallt yn sticio fyny ar dop ei ben. Côt ysgol yn dal i fod 'chydig yn rhy fawr.

Doedd yna ddim byd newydd 'di cyrraedd y siop. Roedd pob dim union yr un fath ag yr oedd o pan o'n i yna ddydd Sadwrn. Dwi'n nabod y siop mor dda. Yr unig beth oedd wedi newid ers dydd Sadwrn oedd y ddau a oedd yn gweithio yna. Merch eitha ifanc sy'n debyg i Jennifer o'r ganolfan hamdden a boi ifanc. Maen nhw wedi arfar fy ngweld i, ma'n siŵr, a dydyn nhw byth yn gofyn a ydw i isio help efo rhwbath.

Dychrynllyd o cŵl

Doedd yna neb arall yn y siop. Wnes i gerdded heibio'r cotia a'r topia a'r hwdis a'r crysa ffwtbol a mynd ar fy union am y wal reit yn y cefn. Nefoedd i fi ydy ei gweld hi. Wal y trenyrs.

Adidas, Nike, Puma, Reebok. Y rhai lliwia tywyll ar y wal fach yn y pen draw, wedyn ar y wal fawr rownd y gornel mae'r rhai glas ac wedyn y rhai llwyd ac arian ac aur. Pob un esgid yn newydd, yn sgleinio, yn berffaith. Y petha dwi'n licio fwya yn y byd. Dwi'n cael trafferth tynnu fy llygaid oddi arnyn nhw.

Faint o drenyrs faswn i'n gallu eu prynu efo mil o ewros? Pa mor cŵl fyddai mynd i weld y lle adidas yn y lle efo'r enw hir yna yn yr Almaen? Roedd y peth yn ddychrynllyd o cŵl.

Daeth rhai o ferched Blwyddyn 8 i mewn a sbio ar y sgidia pêl-droed, a mynd yn ôl allan heb brynu dim byd. Mi es inna allan hefyd a sefyll ar y palmant y tu allan i'r siop a sbio mewn drwy'r ffenast. Lladd amser ro'n i, siŵr iawn, yn disgwyl i rywun fynd i mewn a dod 'nôl allan wedyn. Ges i ddigon ar edrych drwy'r ffenast felly wnes i jyst sefyll yna fatha soldiwr yn cogio bach fy mod i'n aros i Dyl neu rywun fy nghyfarfod i. Ro'n i'n edrych ar fy ffôn bob hyn a hyn i actio fy mod i'n edrych i weld faint o'r gloch oedd hi, a thrio dangos bod Dyl neu bwy bynnag yn hwyr yn dod.

Dwn i'm pam fy mod i'n actio fel hyn. Doedd yna neb yn edrych arna i, a deud y gwir. Roedd yna ambell gar yn pasio heibio a 'chydig o bobol yn cerdded i fyny a lawr y stryd. Neb o'n i'n nabod. Allan o nunlla, daeth 'na ddynes yn gyflym i fyny'r stryd a throi mewn i JD. Mewn llai na phum munud daeth hi'n ôl allan efo bag ond cerddodd hi'r un mor sydyn yn ôl i lawr y stryd eto.

Sefyll wrth siop William Hyll

Penderfynais groesi'r ffordd a sefyll yr ochr arall i'r stryd o flaen siop fetio William Hyll. Ro'n i'n gallu gweld y siop yn dda o'r fan hyn. Roedd hi'n dechra tywyllu rŵan a'r goleuadau Nadolig yn fflachio yn ambell i ffenast siop, er nad oedd hi'n fis Rhagfyr eto. Roedd fy nhraed i'n dechra teimlo'n oer fel dau lyffant yn fy sgidia ysgol. Roedd yna fwy o fynd a dod o'r siop fetio nag oedd o JD. Roedd pobol yn dod allan i smocio ac wedyn yn mynd yn ôl i mewn. Bob tro roedd y drws yn agor ac yn cau ro'n i'n clywed sŵn rasys ceffyla neu rasys milgwn ar y teledu y tu mewn. Ma'n siŵr fod yna lot o bobol wedi rhoi bet ar gêm Cymru nes 'mlaen hefyd.

Ro'n i'n dechra meddwl bod pobol yn sbio arna i wrth fynd heibio siop William Hyll. Roeddan nhw'n edrych fel bod ganddyn nhw biti drosta i, ac ambell un yn ysgwyd ei ben fel eu bod nhw'n meddwl rhwbath fel 'Cr'adur bach!' neu 'Tydy rhai pobol ddim ffit i gael plant!'

Mi wnes i ddallt pam wedyn. Ma'n siŵr eu bod nhw'n meddwl bod Dad yn y siop fetio a 'mod i'n gorfod aros tu allan amdano fo! Dad yn mwynhau ei hun tu mewn a finna'n gorfod sefyll yn yr oerni a jyst â fferru y tu allan!

Roedd aros am Dad yn rheswm da iawn dros sefyllian y tu allan i'r siop, felly fan'no fues i am dros hanner awr yn aros amdano! Fues i yno tan hanner awr wedi pedwar. 'Chydig oedd yn mynd i mewn i siop JD a llai byth yn dod allan efo bag 'di prynu rhwbath. Doedd neb yn rhoi dim byd yn y bin tu allan, be bynnag, heblaw un boi dynnodd y gwm o'i geg a'i fflicio fo mewn.

Roedd hi'n oer. Roedd hi'n dechra pigo bwrw. Ro'n i wedi digalonni ac isio mynd adra. Ond roedd y siop ar agor am awr arall. Roedd yna gaffi dau ddrws i fyny o siop fetio William Hyll.

Roedd gen i newid mân yn fy mhoced, digon i gael rhwbath rhad fel cacen neu fisged, ac mi es i yna a chael bwrdd bach wrth y ffenast er mwyn cael gweld a oedd yna rywun yn dod allan o JD. Roedd gen i ddigon o bres i brynu *iced bun*. Gofynnais am wydraid o ddŵr tap. "Coda dy draed," medda boi'r caffi wrtha i er mwyn cael mopio'r llawr o dan y bwrdd ac wedyn aeth o ati i roi cadach dros y byrddau achos ei bod hi bron yn amser cau.

Doedd yna ddim llawer o groeso i'w gael yn y caffi a wnes i ddim aros yna'n hir iawn, dim ond yn ddigon hir i deimlo tipyn bach yn fwy cynnes. Es i allan a cherddded 'nôl at y siop fetio ond roedd yna rywun yn sefyll lle ro'n i wedi sefyll o'r blaen. Dynes mewn dillad tywyll a menyg pigo trwyn yn gwerthu'r *Big Issue*. Dew, roedd gen i biti drosti. Roedd hi'n edrych mor ddigalon ond roedd ei chi hi'n edrych yn esgyrnog ac yn fwy digalon fyth.

Y ddynas a'i chi

Dwi erioed wedi prynu *Big Issue*, dim ond teimlo'n annifyr bob tro dwi'n pasio pwy bynnag sy'n ei werthu. Dydy Mam ddim yn ei brynu chwaith ond dwi'n ei chofio hi'n rhoi pishyn punt i ryw foi unwaith a deud wrtho fo am fynd i nôl panad. Be oedd y ddynas yma'n drio wneud, tybad? Doedd yna ddim gwerth o bobol o gwmpas y lle. Go brin y byddai hi'n gwerthu copi adeg yma o'r dydd.

Yn debyg i fi, roedd dynes y *Big Issue* isio rhwbath ac roedd hi'n aros am rwbath hefyd. Wnaeth hi ddim sbio arna i o gwbl a wnaeth ei chi hi ddim cymryd unrhyw sylw ohona i chwaith. Mae'n rhaid ei bod hi a'i chi tena wedi hen arfar efo pobol o'u cwmpas nhw.

Mi wnes i ddechra gwneud rhwbath trist iawn! Mi wnes i ddechra gwneud diagram Venn yn fy mhen o beth oedd yn debyg ac yn wahanol rhwng dynes y *Big*

Issue a fi. Rydan ni'n gwneud diagram Venn yn reit amal yn 'rysgol er mwyn cymharu petha. Meddwl o'n i am y petha gwahanol rhyngon ni i fynd i'r ddau gylch mawr ... ac yn sydyn, dyma ddrws y siop fetio yn agor a sŵn newyddion chwaraeon Sky i'w glywed am 'chydig eiliada wrth i ddau foi eitha byr a boliog, tua 'run oed â Dad, ddod allan o'r siop fetio ar dipyn o frys a chroesi'r ffordd yn syth i siop JD.

Golau lorri Scania

Mae'n rhaid bod fy llygada i wedi goleuo fel dau ola lorri Scania fawr yn cael eu switsio 'mlaen pan welais i'r ddau foi byr a bolia tew yn dod allan o JD ryw bum munud wedyn. Roedd y ddau bellach yn gwisgo crysa pêl-droed newydd Cymru. Dwi'n siŵr mai efeilliaid oeddan nhw achos roeddan nhw'n debyg iawn ond bod un efo *gel* a gwallt mwy trendi na'r llall.

Beth bynnag, roedd yna ysgwyd llaw hapus iawn y tu allan i'r siop a'r ddau yn ffansïo eu hunain yn eu crysa newydd. Tynnodd un y tag i ffwrdd oddi ar grys y llall ac mi wnaeth y llall yr un fath wedyn i'r boi arall. Cerddon nhw i fyny'r stryd a rhoi eu cotia amdanyn nhw wrth fynd yn eu blaena.

Roeddan nhw'n edrych yn rhyfadd yn dal y bag du efo'r sgwennu gwyn yn eu llaw, ac ar dop y stryd jyst cyn mynd rownd y gornel mi wnaethon nhw'n union be ro'n i wedi gobeithio y bysan nhw'n ei wneud. Do wir! Mi roddon nhw'r bagia yn y bin ac wedyn cerdded i lawr y stryd i'r Llew Gwyn. Drwy'r ffenast, sbeciais i arnyn nhw'n sefyll wrth y bar, yn archebu peint o gwrw melyn bob un ac yn taro'r gwydra yn erbyn ei gilydd cyn cymryd cegiad iawn o gwrw. Byddan nhw yna drwy fin nos rŵan yn gwylio gêm bwysig Cymru, siŵr iawn.

Ro'n i'n teimlo fel ysbïwr yn dilyn yr efeilliaid tew ac wedyn yn rhoi'r menyg o lab yr ysgol am fy nwylo, i estyn y bagia o'r bin. Ond dyna wnes i, a sbio'n sydyn i weld bod y papurau yn y bag. Rhoi un bag tu mewn i'r llall wedyn a rhedeg adra fel y gwynt, gan mai dau ddeg saith munud oedd gen i cyn i'r gystadleuaeth gau am 6 o'r gloch.

Mi wnes i dorri fy record fy hun. 9 munud a 21 eiliad ydy fy record i am fynd 'nôl i'r tŷ o ganol dre ond mi wnes i hi mewn 8 munud a 52 eiliad at giât y tŷ y tro yma.

"Helô, dwi adra!" medda fi er mwyn deud helô ac er mwyn cael gwbod lle roedd pawb yn y tŷ.

"Lle ti 'di bod? Mae dy swpar di'n barod!" Llais Mam o'r gegin.

"Rhaid i fi wneud rhwbath! Fydda i lawr yn syth bin ..."

"Ond ..."

Wnes i ddim clywed diwedd brawddeg Mam achos ro'n i 'di heglu hi i fyny'r grisia, dwy stepan ar y tro, ac ista wrth fy nesg. Fan'no, wrth y ddesg dwi'n gwneud petha pwysig fel hyn. Es i drwy'r papura roedd Bill a Ben 'di eu gadael yn y bagia. Un ohonyn nhw oedd 'di talu am y crysa, achos un dderbynneb oedd yna am £130 o bunnoedd. £65 yr un oedd y crysa wedi costio. A dyna lle roedd y papura cod hefyd oedd yn mynd i roi dau gyfle arall i fi yn y gystadleuaeth 'ma.

Eiliada yn teimlo fel oes

Roedd gwefan yr FAW yn hir yn llwytho, a finna ar bigau'r drain i gyd. Ar ôl rhai eiliada, oedd yn teimlo fel oes, agorodd y wefan yn y diwedd ac mi wnes i roi'r ddau god i mewn yn ofalus ond yn sydyn ar yr un pryd. Wedyn, mi wnes i gant y cant yn siŵr fod y ddau rif yn iawn.

Whiw, diolch byth am hynna! Ro'n i'n teimlo'n falch fod gen i bymtheg tro yn lle'r 13 tro roedd rhai pobol yn deud oedd yn anlwcus. Y cwbl roedd yn rhaid i mi ei wneud rŵan oedd ista'n ôl ac aros am awran i'r FAW ddeud pa rai oedd y rhifa lwcus.

Wrth fynd i lawr y grisia i gael swpar, mi wnes i gyfri ar fy mysedd o ble roedd y pymtheg cod oedd gen i wedi dod, a dyma nhw:

- 6 sgarff
- 3 het
- Crys newydd Cymru gan Dyl
- Crys, siorts a sana'r hogyn bach roedd Lloyd cariad Lisa yn ei nabod
- Dau grys y bois tew ddaeth allan o siop William Hyll

Es lawr grisia i'r gegin. "Be ar y ddaear ti 'di bod yn wneud?" medda Mam, yn gweld golwg 'di blino'n lân arna i. "Ti byth yn hwyr fel hyn. Siŵr bod ti bron â llwgu," medda hi yn glên i gyd a gwneud i fi deimlo'n euog, er nad o'n i wedi gwneud dim byd drwg ofnadwy.

"Wastio amser efo'r Dylan 'na eto!" medda Lisa er mwyn codi helynt.

“Naci,” medda fi. “Jyst cicio pêl yn y parc.”

Roedd Dad yn ddistaw iawn a ddim yn cymryd rhyw lawer o sylw o’r sgwrs ond cyn codi i fynd trwodd i ista yn ei sêt mi ddwedodd o fel hyn,

“Byta dy fwyd a tyrd trwodd i weld y gêm ’ma. Ma hon yn gêm fowr.”

“Ffwtbol eto?” medda Mam, ’di cael llond bol ar y peth.

“Ia, gen i ofn, Linda,” medda Dad, a chario ei bowlen bwdin i’r sinc. Wedyn, dyma fo’n troi a deud,

“Os enillwn ni, hwyrach gei di wylia tramor bach! Fyddi di ddim yn cwyno wedyn, yn na fyddi?”

“Pryd?” medda Mam yn sydyn.

“Mis Mehefin ffor ’na,” medda Dad a rhoi winc i Mam a dechra canu rhwbath reit joli i’w hunan.

“Mehefin nesa?” holodd Mam

“Os byw ac iach!” medda Dad.

Es i’n syth ’nôl i fy llofft ar ôl gorffen bwyd a syllu ar y wefan yna am yn hir iawn rhag ofn eu bod nhw wedi rhoi gwbod yn gynnar neu rwbath felly. Wedyn, dechreuodd petha symud. Daeth yna ryw fideo oedd wedi cael ei recordio ymlaen llaw i fyny ar y sgrin.

Rhyw foi pen moel mewn siwt oedd yn siarad i ddechra, ac wedyn ryw hen foi gwallt gwyn mewn siwt yn siarad. Canmol yr FAW yr oeddan nhw, a sôn am yr holl betha da ro’n nhw’n ei wneud efo plant a phobol ifanc. Wedyn roedd ’na glip bach o un o’r swyddogion yn siarad am y gêm heno a’i fod o yn ffyddiog ein bod ni’n mynd i wneud ein gora a chael mynd i’r Ewros wedyn yn yr haf.

Cnoi gwinedd a methu eistedd yn llonydd

Daeth symbol newydd Cymru i fyny ar y sgrin wedyn, yr un heb y sgwennu *GORAU CHWARAE CYD CHWARAE* arno fo, am 'chydig, a miwsig 'Rhedeg i Baris'. Wedyn, daeth beth yr oeddwn i isio ei weld. Teitl mawr yn deud CYSTADLEUAETH CBDC AC ADIDAS. Dew! Ro'n i'n nerfus, cnoi gwinedd, methu ista'n llonydd a dyma 'na fideo *feed* byw yn dod o stiwdio debyg i stiwdio *Sgorio* S4C.

Roedd yna 'chydig o ddryswch i ddechra a sŵn ofnadwy, ond setlodd pob dim wedyn a dyma'r boi pen moel mewn siwt yn dod ar y sgrin eto. Roedd y peth yn fy atgoffa i o'r digwyddiad pan mae'r peli yn cael eu tynnu o'r bag hwnnw er mwyn gweld pwy sy'n chwara pwy yn yr *FA Cup*. Ond cyfrifiadur oedd i fod i ddewis y tro yma.

Dechreuodd y dyn pen moel siarad:

"Gyfeillion, croeso aton ni. Mae'r gystadleuaeth gyntaf rhwng Cymdeithas Bêl-droed Cymru a chwmni rhyngwladol adidas wedi dechrau ers bron i flwyddyn, a heno, cyn y gêm bwysig iawn i ni fel gwlad, fe fydd pump o bobol lwcus yn cael gwybod eu bod nhw'n cael trip i bencadlys rhyngwladol adidas yn yr Almaen. Drwy garedigrwydd cwmni adidas, fe fydd y pump lwcus hefyd yn cael mil o ewros yr un i'w wario yn siopau'r cwmni. Byddan nhw'n mynd ymhen y mis, felly – dyna chi anrheg Nadolig ardderchog i'r pump lwcus. Gyda llaw, mi fydd y pump yn cael dewis un person i fynd efo nhw'n gwmni ..."

Doeddwn i heb feddwl am hynny! Os baswn i'n ennill, pwy faswn i'n mynd efo fi? Mam? Dad? Lisa? Dyl?

Ieu? Lloyd? Roedd lembo Lloyd wedi fy helpu, yn doedd.

"A dyma nhw'r rhifau yn dod. Dyma'r rhifau aur yr ydan ni gyd wedi bod yn disgwyl mor hir amdanyn nhw ... Draw atat ti, Lwsi,"

Wedyn daeth rhyw ferch ifanc efo trwyn clocsen i'r golwg, mewn ffrog smart goch efo petha'n fflachio arni.

"Ie wir, Ian," medda hi. "Mae'r foment fawr wedi dod! Nawr os o's 'da chi un o'r rhife hyn, ffonwch linell arbennig Cymdeithas Bêl-droed Cymru i weud wrthon ni. Mae'r rhif ffôn yn fflachio ar waelod y sgrin!"

"Stopia fwydro!" medda fi wrth y Lwsi 'ma ar y sgrin. "Jyst tyrd â'r rhifa 'ma i ni."

798002 oedd y rhif cynta. Edrychais i lawr fy rhestr. Roedd gen i un rhif yn dechra efo 7 ond 2 oedd yn dod ar ei ôl o. Damia!

378400 oedd yr ail rif. Doedd o ddim gen i!

674449 oedd y trydydd rhif. Doedd hwnnw ddim gen i chwaith. Dau gynnig arall. C'mon, plis!

745398. Doedd gen i ddim gobaith! Rhywun arall sydd wastad yn ennill petha fel hyn. Ro'n i'n hollol dwp yn trio'r ffasiwn beth ac yn wirion bost yn meddwl 'mod i'n mynd i ennill ...

"A'r rhif aur olaf," medda'r ferch ar y sgrin, "ydy 549984."

Ro'n i'n nabod siâp y rhif yna achos roeddwn yn gwbod bod gen i rif efo dau rif 9 yn ei ganol o. Mi edrychais i lawr y rhestr, reit i'r gwaelod bron, am y rhif efo dau rif 9 ynddo fo. Oedd hyn yn digwydd go iawn? 5 a 4 o'i flaen o ... 8 a 4 ar ei ôl o! ***** *el! Roedd o gen i! Roedd gen i rif aur! Syrthiais i ffwrdd o'r gadair wrth drio rhoi'r rhif ffôn yna yn fy ffôn, fy nwylo i'n crynu a

’mysedd i’n teimlo fel bysedd rhywun arall wrth imi drio gwasgu’r rhifa cywir i mewn a chadw’r rhif efo’r contacts yn fy ffôn i.

Roedd y rhifa'n fflachio wedyn mewn lliw aur ar y sgrin a dyma fi'n clywed Lwsi yn deud pob lwc i bawb mewn llais cyffrous iawn, ac wedyn y dyn pen moel yn ei ôl eto yn deud rhwbath am yr FAW ac yn diolch i gwmni adidas ... Roedd yn mynd i fod yn bresant Dolig gwych i 5 o bobol lwcus ... A diolch eto wedyn a deud hwyl fawr wrth bawb ac y basa enwau'r enillwyr yn cael eu cyhoeddi yn ystod hanner amser y gêm nes 'mlaen.

Mi wnes i edrych ar y rhifa drosodd a throsodd a throsodd. Ac unwaith eto wedyn, jyst rhag ofn 'mod i wedi gwneud rhyw gamgymeriad gwirion ac y baswn i'n edrych fel ffŵl wrth ffonio'r rhif yna a siarad efo'r FAW.

Gwenu fel giât

Ges i drafferth mynd i lawr grisia achos bod fy ngwên i'n rhy llydan a grisia tŷ ni'n reit gul. Ro'n i'n gwenu fel giât, siŵr iawn.

"Pwy ydy hi?" medda Dad wrth i fi fynd i'r stafell ffrynt i chwilio am ffôn y tŷ.

"Does yna ddim 'hi'!" medda fi. "Lle ma'r ffôn?"

Mae ffôn y tŷ ar goll o hyd. Weithia, pan dwi angen chwilio amdano fo dwi'n ei ffonio fo er mwyn ei glywed o'n canu a'i ffendio fo. Ond weithia mae'r ffôn yn fflat achos bod neb 'di ei roi o 'nôl yn y lle iawn.

"Mam? Lisa? Lle ma'r ffôn? Rhaid i fi gael y ffôn!"

Ddwedodd Lisa ddim byd. Yn union 'run fath ag arfar pan dwi isio rhwbath.

"Be sy?" medda Mam, yn codi'r clustoga oddi ar y soffa, yn dallt yn iawn 'mod i ar frys, "Dyma fo –'na chdi."

"Mam, wnei di ffonio?"

"Ffonio pwy? Am be ti'n sôn? Be sy'n bod?"

Roedd hi'n hanner poeni ac yn hanner chwerthin yr un pryd.

"Shh rŵan," medda Dad, "dwi isio clywed be sgin Malcolm Allen i ddeud cyn y gêm 'ma! Dwi 'di bod yn edrych 'mlaen am hon drwy dydd."

Es i a Mam i'r gegin.

"Stedda'n fan'na a deud wrtha i be sy'n bod, y nionyn!"

"Dwi'n meddwl 'mod i 'di ennill, Mam! Dwi 'di ennill!"

"Ennill be, dŵad? Raffl? Rhwbath yn 'rysgol?"

"Naci. Cystadleuaeth yr FAW i fynd i'r lle adidas dros y môr."

"Be? Pa gystadleuaeth? Am be ti'n sôn? Do'n i ddim yn gwbod bod ti 'di trio'r un gystadleuaeth ... tyrd i ddeud wrth Dad!"

"Aros funud! Rhaid i ni ffonio'r rhif yma gynta. Sbia, Mam – fedri di ffonio?"

"Mi ddeiala i'r rhif i ti. Gei di siarad!"

"'Ma fo'r rhif!" medda fi, a'n llais i'n crynu i gyd! Dim dau naw dau dim pedwar tri pump wyth tri dim!"

"Ara deg," medda Mam. "Dweda fo eto!"

"Dim ... dau ... naw ... dau ... dim ... pedwar ... tri ... pump ... wyth ... tri ... dim!" medda fi yn uchel ac yn flin tro 'ma.

Rhoddodd Mam y ffôn i fi ac ro'n i'n ei glywad o'n dechra canu a llais bach yn deud, "Llinell Rhifau Aur Cymdeithas Bêl-droed Cymru. Elin yn siarad. Ga i gymryd eich rhif aur, os gwelwch yn dda ..."

"O ... helô," medda fi fel llo. "Sori, dwi 'di gadael y cod lwcus ... sori ... fy rhif aur yn llofft ... daliwch 'mlaen am funud plis ..."

A dyma Mam yn rhoi ei dwylo dros ei llygada, fel yr emoji mwnci 'na. Dwi'n siŵr ei bod hi'n meddwl, "Y blydi clown gwirion!" ond wedyn fe ddilynodd fi i fyny'r grisia'n sydyn i'r llofft.

"Dach chi'n dal yna?" gofynnais. "Dwi 'di cyrraedd llofft rŵan!"

"Odw, odw," medda Elin o'r FAW pen arall. "Dere â'r rhif imi nawr 'te!"

"Reit!" medda fi. "Barod?"

"Odw, odw ..."

"Pump pedwar naw naw wyth pedwar!"

"Nawr, gwranda'n ofalus. Fi am weud y rhif 'ma 'nôl wrthot ti nawr."

"Iawn!" medda fi.

"'Co ni'n mynd 'te! Pump pedwar naw naw wyth pedwar. Dyna s'da ti?"

"Ia!" medda fi. Roedd y lein yn ddistaw am 'chydig eiliada ac wedyn dyma'r ddynes Elin 'ma'n ei hôl eto, yn swnio fel ei bod hi'n darllen be roedd hi'n ddeud ...

"Ar ran Cymdeithas Pêl-droed Cymru ac mewn cydweithrediad â chwmni adidas, hoffwn eich llongyfarch chi ar fod yn un o'r pum enillydd yn ein cystadleuaeth fawr ni eleni."

"Diolch!" medda fi. "Diolch yn fawr iawn 'de!"

"Mi anfona i'r manylion a phethach i chi ar e-bost, a bydd angen i chi dynnu llun y papur gyda'r rhif arno a'i e-bostio i ni yn yr FAW. Yw 'na'n iawn?"

"Ydy tad!" medda fi.

Mi wnes i roi fy e-bost a phob dim i Elin wedyn a deud diolch eto. Roedd Mam yn deall be oedd yn mynd ymlaen rŵan, a phan ddwedes i am y mil o ewros i brynu petha hefyd, roedd hi wedi gwirioni a dyma hi'n deud fel hyn,

"Ma plant pawb arall yn ennill yn steddfod neu rasys rhedag neu rwbath felly, a dyma chdi 'di ennill trip i wlad arall! Wel, un da wyt ti! Tyrd yma!"

A dyma hi'n fy ngwasgu i'n dynn ac yn rhoi clamp o sws imi ar fy nhalcen.

"Tyrd i ddeud wrth Dad a Lisa!"

"Does dim rhaid i ni ddeud," medda fi. "Os arhoswn ni tan hanner amser y gêm mi fyddan nhw'n deud pwy sy 'di ennill yn fyw ar y teli!"

"Ar y teli? Ha! Mi fydd Dad 'di gwirioni!"

"Bydd, siŵr!" medda fi.

"Dwi ddim yn gwbod os fedra i aros heb ddeud am hanner awr, neu faint bynnag ydy hanner cynta gêm ffwtbol!"

"Bydd raid i ni, Mam," medda fi. "Mi fydd o werth o, gei di weld!"

"Rhywun efo'r un enw â ti!"

Hanner amser y gêm roedd Cymru'n curo Hwngari 1 - 0. Aaron Ramsey oedd 'di sgorio. Roedd Dad wrth ei fodd a 'di mynd i nôl can diod arall o'r gegin tra oedd yr hysbysebion ymlaen ar y teledu. Daeth yn ôl wedyn i ista yn ei gadair.

Roedd Mam a Lisa ar y soffa, Lisa ar ei ffôn. Daeth yr hysbysebion hir i ben, wedyn dyma Malcolm Allen yn siarad gan swnio fel ei fod o bron â cholli ei lais, a John Hartson hefyd, a phawb wrth eu bodda fod Ramsey 'di dod yn ôl adra o Juventus i chwara i Gymru eto. Y gobaith oedd cael gôl gynnar yn yr ail hanner.

Wedyn, dyma'r boi cyflwyno sy'n gwenu drwy'r amser yn deud fod gan yr FAW gyhoeddiad arbennig i'w wneud ac aeth o drosodd at y dyn pen moel yr oeddwn i wedi'i weld ar y we yn fy llofft. Aeth hwnnw yn ei flaen eto i ddeud rhwbath tebyg i be roedd o wedi'i ddeud cyn hynny.

"Diolch i chi yn y stiwdio ... Gyfeillion, croeso aton ni yma yn stadiwm Caerdydd. Mae'r gystadleuaeth gyntaf rhwng Cymdeithas Bêl-droed Cymru a chwmni rhyngwladol adidas wedi dechrau ers bron i flwyddyn, ac yn awr mi alla i gyhoeddi pwy ydy'r pump o bobol lwcus sy'n cael trip i bencadlys rhyngwladol adidas yn yr Almaen. Drwy garedigrwydd cwmni adidas, fe fydd y pump lwcus hefyd yn cael mil o ewros yr un i'w wario yn siopau'r cwmni. Tipyn o sgidia ffwtbol yn fan'na! Byddan nhw'n mynd ymhen y mis, a dyna i chi anrheg Nadolig ardderchog i'r pump lwcus. Gyda llaw, mi fydd y pump yn cael dewis un person i fynd efo nhw'n gwmni ..."

"Lwcus iawn 'de," medda Dad. "Braf iawn cael trip i wlad arall dwyt ti heb fod ynddi o'r blaen."

"Ia!" medda Lisa, wedi dod oddi ar ei ffôn ar ôl clywed y geiria 'adidas' a 'mil o ewros i'w wario'. "'Swn i wrth fy modd yn mynd."

Roedd y sioe i gyd wedi dal sylw Dad a Lisa. Roedd y ddau yn sbio'n syn ar y teledu, a Mam yn ista ar flaen y soffa yn sbio arna i. Roeddan ni isio chwerthin ond yn trio cadw'n ddistaw a deud dim byd. Aeth y dyn pen moel yn ei flaen i siarad.

"Ar ran Cymdeithas Pêl-droed Cymru rydw i'n falch o gael cyhoeddi, felly, mai dyma ydy enwau pum enillydd y gystadleuaeth:

Hari Fflint gyda'r rhif 798002

Tiffany Parry gyda'r rhif 378400

Ceredig Lewis gyda'r rhif 674449

Gwendoline James gyda'r rhif 745398

Ac yn olaf, BYT Jones gyda'r rhif 549984 ... Diolch i bawb am ..."

"Rhywun efo'r un enw â ti!" medda Dad wrtha i.

"Plis paid â deud bod 'na ddau ohonoch chi! Mae un yn ormod!" medda Lisa.

"Deud wrthyn nhw!" gwaeddodd Mam.

"Fi ydy o! Fi sy 'di ennill!"

"Fo ydy o!" medda Mam.

Wedyn dyma fi a Mam a Dad a Lisa'n neidio ar ein traed a gwneud rhyw ddawns wirion neidio i fyny ac i lawr mewn cylch, ac aeth y cwrw o'r can roedd gan Dad yn ei law dros bawb! Ond doedd neb yn malio dim. Roeddan ni'n debyg i'r bois Formula 1 yn agor potel o siampên ac yn ei hysgwyd hi dros bawb a phob dim.

Roeddan ni gyd wrth ein bodda, siŵr iawn. Aeth ail hanner y gêm yn sydyn ofnadwy achos fod pawb yn siarad ar draws ei gilydd ac ail gôl Aaron Ramsey yn rhwbath bach i'w ddathlu o'i gymharu â be o'n i wedi'i ennill!

Ond wedyn, cododd y cwestiwn mawr. Pwy oedd am gael dod efo fi?

Aeth pawb yn ddistaw. Roedd Lisa isio dod, siŵr iawn. Mi fasa Mam yn licio dod. Doedd hi heb fod i ffwrdd ers bod yn Llandudno llynedd. Mi fasa Dad wrth ei fodd yn dod hefyd ond byddai o angen gofyn am ddiwrnod neu ddau i ffwrdd o'r gwaith. Roedd o 'di bod yn Denmarc efo'i waith ond doedd o erioed wedi bod yn yr Almaen, medda fo.

"Dy ddewis di ydy o," medda Mam.

"Ti sy wedi ennill – ti sy'n dewis pwy sy'n mynd efo ti!" medda Dad.

"Mi wna i grymbl bob dydd Sul os ca i ddod!" medda Lisa.

Roedd hyn yn mynd i fod yn anodd. Sut ar y ddaear ro'n i fod i ddewis un person i ddod efo fi? Y gwir oedd bod Dyl wedi fy helpu i hefyd drwy roi cod ei grys newydd i fi, ac roedd Lloyd, cariad Lisa, wedi fy helpu hefyd drwy roi tri cod i fi o ddillad yr hogyn bach. Deud y gwir, y cod oddi ar sana'r hogyn bach oedd cod y rhif aur. Be oeddwn i am ei wneud? Rhoi enwau pawb mewn het a thynnu un enw allan, neu jyst deud pwy oeddwn i isio i fynd efo fi? O na ...!

LLONGYFARCHIADAU MAWR!

Mi ges i e-bost mawr gan yr FAW ac mi wnes i wastio lot fawr o inc yn ei argraffu fo i gyd. Roedd o'n un deg chwech o dudalennau a doedd yr wyth tudalen ola yn ddim byd ond rhyw brint bach bach, rhy fach i'w ddarllen. Y bathodyn mawr coch oedd ar y dudalen gynta.

Mi wnes i ei ddarllen o i gyd, bob gair, tan y print bach bach yna. Roedd o'n deud LLONGYFARCHIADAU MAWR wrtha i ac wedyn yn deud y manylion am y daith. Byddai'n rhaid imi golli dau ddiwrnod ola'r ysgol cyn y Nadolig achos bydden ni'n hedfan o faes awyr Manceinion, Terminal 1, i Munich ar Ragfyr 19eg, ac yna'n dal trên i Nuremberg. Hedfan 'nôl adra wedyn ar y 22ain, oedd yn ddydd Sul.

Roedd yr ewros i gyd yn mynd i fod ar ryw fath o gerdyn credyd plastig i'w wario yn y siopa. Doeddwn i ddim yn mynd i gael mil o ewros go iawn yn fy llaw.

Iesgob, ro'n i'n edrych ymlaen! Doeddwn i erioed wedi edrych ymlaen gymaint at ddim byd yn fy mywyd. Roedd o fel bod un deg pedwar Nadolig ac un deg pedwar pen-blwydd 'di rowlio i gyd yn un. Deud y gwir, doeddwn i ddim yn gwbod sut ro'n i'n mynd i fyw bob dydd yn aros i Ragfyr 19eg ddod. Beth allwn i ei wneud i amser fynd yn gynt? Cadw'n brysur brysur a thrio peidio meddwl am y peth?

Ond roedd yn rhaid i mi feddwl am un peth. Pwy oedd yn mynd i ddod efo fi? Roedd yr FAW yn rhoi wythnos imi benderfynu a deud wrthyn nhw. Ymhen wythnos, bydden nhw angen enwau llawn a rhifau pasbort y ddau ohonon ni.

Be? Ddim yn hoffi adidas?

Yn yr ysgol y diwrnod wedyn ro'n i'n hanner cysgu ond yn teimlo'n gyffrous ofnadwy ar yr un pryd. Doeddwn i heb gysgu llawer achos ro'n i'n meddwl am y bobol eraill fyddai efo fi ar y trip. Hefyd, ro'n i'n meddwl am y mil o ewros ar y cerdyn credyd plastig.

Roedd y stori wedi mynd drwy'r ysgol i gyd ac ro'n i'n teimlo'n rêl boi yn cerdded rownd y lle. Ond, pan dach chi'n hapus ac yn teimlo ar ben y byd mae yna rywun yn siŵr o roi pin yn eich swigen chi. Ac mi ddigwyddodd i mi, yn do, pan o'n i'n cerdded i'r wers ar ôl cinio a rhai o hogia'r chweched yn disgwyl i fynd i mewn i'w gwers yn lab Mr Foberts.

"Dyma fo. Sut ma Charlie heddiw?"

Chwerthin mawr dros y lle wedyn ac un arall yn deud, "Gwatsia'r Mr Wonka 'na – boi peryg!"

Doeddwn i ddim yn dallt am be ar y ddaear roeddan nhw'n sôn ond roeddan nhw'n sbio arna i a chwerthin dros y lle. Iesgob, ro'n i'n teimlo'n annifyr ond mi es i heibio iddyn nhw a nhwtha'n gweiddi "Charlie! Charlie!" ar fy ôl i.

Ro'n i yn y wers Gelf efo Max ar ôl cinio, yn dal i feddwl am hogia'r chweched yn fy ngalw i'n Charlie. Dyna pryd wnes i ddeall pam eu bod nhw'n gwneud hwyl ar fy mhen i ac yn fy ngalw i'n Charlie. Y tocyn aur 'de! Dyna gafodd Charlie i fynd i ffatri siocled Mr Wonka!

Fasa'n well i mi gymryd y jôc a dangos fy mod i'n chwerthin. Os baswn i'n edrych yn flin arnyn nhw mi fasa'r enw Charlie yn siŵr o sticio efo fi am amser hir.

Doedd Miss Celf ddim yna ond roedd hi wedi gadael gwaith i ni barhau efo fo. Gweithio ar ein llyfr braslunio oedd y gwaith roedden ni i fod i'w wneud. Ro'n i am ddechra braslun newydd sbon, braslun o adeiladau mewn hen ddinas ac afon yn rhedeg drwyddi. Nuremberg oedd y ddinas. Roedd gen i lwyth o luniau ohoni a chyn bo hir, ro'n i'n mynd i fod yn y ddinas yna!

"Be 'di hwnna?" medda Max, yn sbio'n syn ar be ro'n i'n ei wneud.

"Nuremberg. Rhwla yn yr Almaen ydy o," medda fi.

"Ti'n gall, dwad? Sgin ti ddim mwy o drenyrs ar ôl i wneud llunia ohonyn nhw?"

Mi wnes i egluro i Max wedyn be ro'n i wedi ennill efo'r FAW ac mi oedd Max wedi clywed am y gystadleuaeth ar hanner amser y gêm noson cynt. Roedd o 'di mynd i bi-pi, medda fo, a 'di colli clywad enwa'r bobol oedd 'di ennill. Doedd o heb gystadlu ond roedd o'n andros o falch drosta i. Ro'n i'n poeni 'chydig bod Max am ofyn am gael dod efo fi ond wnaeth o ddim.

"Ti'n gwbod llun o be 'di hwn?" medda fo.

"Rhywun yn cymryd siot at gôl," medda fi.

"Robson Kanu fydd o!"

"Gôl ora Ewros 2016."

"Ia! Mi wnaeth o droi tri amddiffynnwr *Belgium*, ti'n cofio?"

"Yndw, siŵr dduw! Mi ddudodd y boi ar y teledu fod Robson Kanu 'di anfon y tri diffendar am hotdogs!"

"Do!"

Os mai trenyrs ydy fy mheth i, pêl-droed ydy peth Max. Mae o'n gwbod bob dim am bob chwaraewr ym mhob tîm. Un tro, mi wnes i drio cael cwestiwn anodd iddo fo am Ryan Giggs yn chwara i dîm ysgolion Lloegr cyn gwneud y dewis iawn i chwara i Gymru. Ond roedd Max yn gwbod. Tro arall oedd y cwestiwn am hoff fwyd Gareth Bale. Roedd o'n gwbod hynny hefyd. Roedd o hefyd yn gwbod pwy oedd rheolwr Accrington Stanley.

"Ti'n gwbod Robson Kanu yn troi fel wnaeth o yn yr Ewros 'de?" gofynnodd Max.

"Ia?" medda fi.

"*Cruyff turn* ma nhw'n galw hynna, 'sdi."

"*Cruyff turn*?"

"Ia, ar ôl boi o'r enw Johan Cruyff. Chwara i *Holland* erstalwm. A Barcelona. Mi oedd o'n gallu troi fel yna, yn sydyn, a drysu pawb."

Dyna pryd wnes i feddwl am gwestiwn arall i drio dal Max.

"Pa sgidia oedd Cruyff yn gwisgo 'ta?"

"Puma!" medda Max yn syth bin. "Deud y gwir wrthat ti, roedd gas ganddo fo adidas. Fasa fo byth yn dod i'r ffatri adidas 'ma efo ti."

"Be? Pam?" medda fi, yn methu dallt.

"Dwi'm yn gwbod yn iawn," medda Max, "ond os wnei di edrych ar hen lunia o dîm *Holland* yn eu dillad oren, ma pawb arall yn y tîm efo tair streipan adidas lawr ochr eu crysa. Ond dwy streipan sy gan Cruyff!"

"Paid â malu ..." medda fi.

"Wir i ti!" medda Max.

"Oedd o 'di tynnu un streipan i ffwrdd 'ta?"

"Oedd, ma'n rhaid!"

Gawson ni dipyn o ffrae am siarad gan Miss Lewis, oedd yn cymryd y wers. Deud y gwir, roeddan ni wedi cael sgwrs go lew a ddim yn meindio bod yn ddistaw rŵan. Wnes i anghofio am luniau Nuremberg a chwilio ar y we i weld a oedd Max yn deud y gwir am y boi Johan Cruyff 'ma.

Roedd Max yn deud y gwir. Sut ar y ddaear oedd o'n gwbod am betha fel hyn?

"Iawn, mwnci?"

Mi gerddais i adra yn gyflymach nag arfer y pnawn hwnnw achos bod Lisa yn cerdded adra efo Lloyd y tu ôl imi. Ro'n i isio bod adra cyn y ddau er mwyn byta rhwbath cyn iddyn nhw gyrraedd. Y tro dwetha roedd Lloyd wedi dod i'n tŷ ni roedd o wedi byta paced cyfan o fisgedi ar ei ben ei hun. Wel, ges i ddwy fisged a bwytodd o'r gweddill.

Roeddan nhw, Lloyd a Lisa, yn gafael dwylo ac yn cerdded yn sydyn hefyd. Roeddan nhw bron iawn â dal i fyny efo fi, ond pan es i rownd gornal ac allan o'u golwg nhw, mi wnes i sbrint bach a syth i mewn i'r tŷ. Mi wnes i wydraid o laeth imi fy hun a gwneud tost.

Disgwyl i'r tost neidio i fyny o'r tostiwr oeddwn i pan glywais i'r goriad yn y drws ffrynt yn troi a Lisa a Lloyd yn dod mewn. Caeodd Lisa'r drws efo clep. Gollyngodd y ddau eu bagia ysgol ar lawr a dechra cusanu fel tasan nhw'n trio byta ei gilydd. Doeddan nhw ddim yn siarad

o gwbl a dim ond sŵn slyrpian gwlyb oeddwn i'n glywad o'r gegin.

Ma'n tostiwr newydd ni'n gwneud sŵn "bîp, bîp" fel yna i ddeud bod y tost yn barod ac mi wnaeth hynny ddistyrbio'r ddau a gwneud iddyn nhw gofio fy mod i yn y tŷ hefyd.

"Dwi'n mynd i llofft," medda Lisa, mewn rhyw lais meddal neis neis.

"Ga i ddod efo ti?" medda Lloyd, yn gwneud ryw lais fel hogyn bach.

"Na chei!" medda Lisa ac mi aeth hi yn ei blaen i ddeud rhwbath arall, ond roeddwn i'n methu clywed be ddwedodd hi. Mi wnaeth y ddau chwerthin wedyn a dyma fi'n clywed traed Lisa'n mynd i fyny grisia.

"Helô, mwnci!" medda Lloyd wrtha i, yn taro'i ben rownd drws y gegin.

Ro'n i wedi meddwl ei fod o 'di stopio deud 'mwnci' wrtha i. Mae o'n gwbod bod yn gas gen i hynna.

"Iawn?" medda fi, ddim yn gwbod yn iawn be i ddeud wrtho fo.

"Panad o de i fi. Llefrith a tri siwgr. Iawn?"

"Mm."

"Iawn, mwnci?" medda fo wedyn.

"Iawn!" medda fi, jyst yn cytuno er mwyn iddo fo stopio sbio arna i. Be oedd Lisa yn ei weld yn y boi 'ma?

Mi es i â'i banad o trwodd i'r stafell. Mi wnes i feddwl poeri ynddi. Fan'na roedd Lloyd yn ista ar gadair Dad, a'i drenyrs Vans off the Wall sgwaria bach du a gwyn o yn ymestyn allan i ganol y llawr.

"Ogla da ar y tost 'na," medda fo wrth bwyntio at y bwrdd i ddangos imi lle i roi'r te. "Gymra i ddau. Digon o fenyn arnyn nhw, cofia!"

Mi es i 'nôl i'r gegin a rhoi dau ddarn arall o fara yn y tostiwr. Iesgob, roedd y boi 'ma'n ddigywilydd. Tro nesa, geith Lisa wneud te iddo fo, meddyliais, yn lle diflannu i'w llofft a 'ngadael i efo'r diawl powld. Dydy o ddim hyd yn oed yn deud 'plis'. Dim manars o gwbl. Ar ôl rhoi menyn, mi dorrais y ddau dost yn bedwar triongl a mynd â nhw iddo fo.

"Na!" medda fo. "Dim fel 'na dwi'n licio 'nhost. Fedri di dorri fo ar draws unwaith eto?"

Es i 'nôl i'r gegin a chael syniad sydyn ar y ffordd. Doeddwn i ddim yn mynd i dorri'r tost eto iddo fo, jyst yn mynd i roi'r gyllell iddo fo, iddo fo dorri'r blincin tost fel roedd o isio ei dorri fo.

"Torra di o fel t'isio fo!" medda fi a rhoi'r plât a'r ddau dost a'r gyllell yn ei law.

"Gobeithio bod o heb oeri!" medda Lloyd.

Roedd fy nhamad tost i wedi oeri ac mi driais i fynd i fyny'r grisia i fy llofft cyn i Lloyd ddechra cwyno am rwbath arall. Ond wrth imi ddechra mynd i fyny'r grisia, dyma fo'n deud,

"'Dan ni'n dau isio sgwrs."

"Sgwrs am be?" medda fi.

"Ti'n gwbod yn iawn am be!" medda Lloyd, yn poeri briwsion dros y lle wrth siarad. Wedyn aeth yn ei flaen i ddeud fel hyn,

"Dwedodd Lisa bo ti 'di ennill y trip 'na."

"Do!" medda fi, yn trio peidio dangos fy mod i'n gyffrous ac yn methu aros i fynd.

"Lle i faint sy 'na i ddod efo ti?"

"Dim ond un," medda fi.

"Damia!" medda Lloyd yn flin, a chwythu gwynt i fyny o'i geg fel bod ei wallt llipa fo'n codi dros ei dalcen o.

"O'n i 'di meddwl y basa Lisa'n cael dod efo ni."

"Lisa?" medda fi.

"Ia. Lisa," medda Lloyd. "Fi. A ti. A Lisa!"

"Ond dydw i ddim yn gwbod pwy sy am ddod efo fi eto," medda fi. "Mi fydd yn rhaid i ni roi enwa pawb mewn het a tynnu un allan. Dyna sy'n deg 'de!"

Cododd Lloyd ei ben a sbio i fyw fy llygaid i. Gafaelodd yn y gyllell fenyn a dechra troi honno yn ara deg bach yn ei law a theimlo pa mor finiog oedd hi efo'i fysedd. Trio bod fel rhyw gangster mewn ffilm roedd o rŵan. Trio codi ofn arna i. A dyma fo'n deud fel hyn, yn dawel,

"Gwranda yma'r epa! Be sy'n deg ydy bod y boi

wnaeth roi'r cod i ti yn cael dod efo ti. Fi! Dwi 'di dechra pacio a ..."

Diolch byth! Daeth Lisa i lawr y grisia wedi newid o'i dillad ysgol. Mi steddodd hi ar lin Lloyd ac mi wnaeth o droi yn glên i gyd unwaith eto. Troi o fod yn Mr Gangster i fod yn Mr Neis!

Mi es i am fy llofft cyn iddyn nhw ddechra actio fel dau bysgodyn aur llwglyd unwaith eto. Ych-a-fi!

Tynnu o'r het

Fyny yn fy llofft ro'n i'n meddwl am be roedd Lloyd wedi'i ddeud. Roedd o'n deud y gwir. Fo wnaeth roi'r cod aur i mi. Ond fo oedd y person ola ar wyneb y ddaear faswn i isio iddo fo ddod efo fi ar y trip i ffatri adidas. Y ffordd ro'n i'n teimlo rŵan, fasa'n well gen i fynd ar drip i Nuremberg efo rhai o'r bobol waetha fuodd erioed – Osama Bin Laden, Saddam Hussein, neu'r boi 'na soniodd Miss Elias amdano wrthon ni, George Thomas o Donypandy. "Roedd e'n real dyn drwg!" medda Miss. Rhwbath i'w wneud efo trychineb Aber-fan oedd hynny, medda hi.

Neu be am y dynion drwg ddysgon ni amdanyn nhw yn y gwersi Hanes? Stalin. Hitler a mêt Hitler, y boi yna oedd yn gwneud arbrofion ar bobol, doctor yn Auschwitz ... arhoswch funud ... ie, Josef Mengele.

Hwyrach fy mod i'n gorymateb 'chydig bach ond roedd un peth yn siŵr, roedd yn rhaid i mi ddewis pwy oedd am ddod efo fi yn reit sydyn a rhoi gwbod i'r FAW yn syth bin. Dwedais wrth Mam ac wedyn wrth Dad fod Lloyd yn meddwl y dyle fo gael dod efo fi. Roedd y ddau yn gwbod yn iawn nad oeddwn i isio iddo fo ddod.

"Bydd rhaid i ni roi enwau pawb mewn het nes 'mlaen heno," medda Dad, "a dyna ni!"

"Gofynna i Dylan ddod draw," medda Mam. "Mi fydd ei enw fo yn yr het, yn bydd?"

"Bydd!" medda fi, yn hanner meddwl mai oedolyn oedd i fod i ddod efo fi. Mi edrychais ar y rheola eto yn yr e-bost a doedd o ddim yn deud bod yn rhaid i chi gael oedolyn efo chi. Iesgob, am hwyl fasan ni'n gael! Dyl a fi ar ein penna ein hunain yn bell i ffwrdd o bawb! Neges i Dyl ...

Fedri di ddod draw heno 'ma cyn *gym*?
PING
PING
Iawn! Be tisio?
Dewis enwa o het heno!
PING
PING
Rho fy enw i yn yr het 10 gwaith!
Mae Lloyd isio dod!
PING
PING
Geith o fynd i grafu! Gweld ti wedyn.

Mi wnes i dorri darn o bapur A4 yn 5 darn a rhoi enwa pawb arnyn nhw.

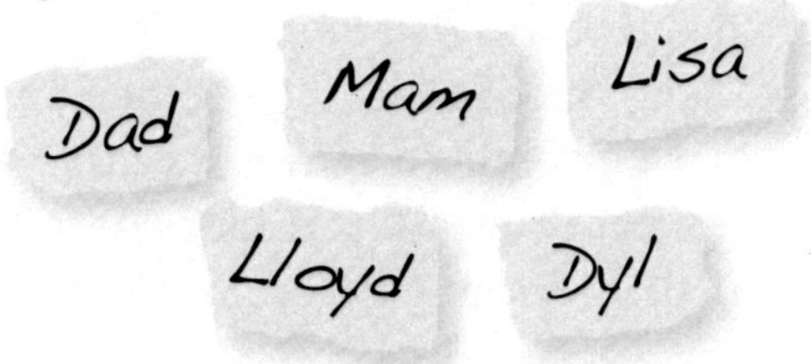

Wedyn, eu gwasgu nhw'n beli bach o bapur. Roedd y bêl bapur efo enw Lloyd arni'n llai na'r lleill. Mi wnes i feddwl rhoi enw Ieu yna hefyd, i wneud siawns Lloyd o ennill yn llai ond ro'n i'n gwbod na fasa Ieu isio dod. Mae o'n brysur yn gwneud pres yn y sied wyau, a dydy o ddim yn ryw hoff iawn o drenyrs p'run bynnag.

Ar ôl tatws caws i swper, a chlirio'r bwrdd mi gyrhaeddodd Lloyd gynta, ac wedyn Dyl.

Aeth Mam i nôl y jwg grefi o'r cwpwrdd yn y gegin ac mi es inna i nôl y peli papur o'r llofft a'u rhoi nhw yn y jwg. Roedd Dad yn ei gadair a Mam a Lisa yn ista ar flaen y soffa, a Dyl a Lloyd yn ista ar lawr. Cododd Lloyd ar ei draed ar ôl i fi roi'r papura yn y jwg grefi.

"'Rhoswch funud!" medda fo. "Ma'n well i ni wneud yn siŵr bod enwa pawb yn iawn ar y papura 'ma." A dyma fo'n tynnu bob un allan, wedyn agor pob un yn fflat a'u dal nhw i fyny i ddangos i bawb.

"Fasat ti byth yn meddwl twyllo, yn na fasat!" medda Dyl efo winc.

"Rho nhw 'nôl, Lloyd," medda Dad reit ddifynadd, "i ni gael mynd ymlaen efo hyn reit handi."

Rhoddodd Lloyd nhw 'nôl yn y jwg, a chymryd y sioe drosodd ei hun.

"Dowch rŵan 'ta, Linda!" medda fo wrth Mam, a dal y jwg uwch ei phen fel nad oedd hi'n gallu gweld i mewn iddi. "Be am i chi ddewis?"

"Wel, dwn i'm ..." medda Mam.

"C'mon, Mam," medda Lisa. "Jyst tynna un allan!"

Iesgob, ro'n i'n teimlo'n nerfus rŵan ac ar biga'r drain! Beth os basa'r gwaetha'n digwydd a bod enw Lloyd yn dod allan? Yr unig gysur oedd bod yna bobol eraill yn mynd i fod ar y trip hefyd. Faswn i ddim ar fy mhen fy hun efo Lloyd.

Ar ôl troi ei llaw yn y jwg unwaith neu ddwy mi afaelodd Mam mewn darn papur. Deud y gwir, daeth 'na ddau ddarn papur allan ond mi roddodd hi un yn ôl i mewn. Mi driodd Lloyd gymryd y darn papur oddi arni, ond da iawn Mam, mi gadwodd ei gafael arno fo a'i agor o'n ofalus cyn neidio i fyny ac i lawr a gweiddi "Fi! 'Mam' ma'n ddeud arno fo! Fi ydy honno!"

Mi glapiodd Dad a Dyl a gwenu ac mi wnes inna roi clap hefyd wrth i Mam afael amdana i a rhoi sws wlyb i mi ar fy moch!

Doedd Lisa ddim i weld yn siomedig iawn. Roedd hi'n gwenu ac yn edrych yn reit syn ar Mam yn dal i neidio i fyny ac i lawr yn hollol gyffrous! Doedd Lloyd ddim yn edrych yn hapus o gwbl a dyma fo'n deud,

"Sa well i ni dynnu un arall."

"I be?" medda Dyl. "Dim ond un sy'n cael mynd!"

"Dwi'n gwbod hynna," medda Lloyd, "ond un wrth gefn 'de, rhag ofn i rwbath ddigwydd a bod Linda'n methu mynd ..."

"Dewisa i tro 'ma," medda Lisa a phwyntio at y jwg er mwyn i Lloyd ei dal hi eto.

Agorodd y papur a deud fel hyn ... "Dyl!" a gwenu ar Dyl.

Rhoddodd Lloyd y jwg yn ôl ar y bwrdd bach dal panad a sbio ar ei sgidia. Doedd o ddim isio bod yn feistr y seremoni rŵan, a fynta wedi colli. Diolch byth!

"I'r *gym*, yr hen fêt!" medda Dyl. "Gobeithio bo chdi heb fyta gormod o swpar heno!"

Mi ddwedodd Lisa y basa hi wedi hoffi dod. Mi

ddwedodd Dad hynny hefyd, ond doedd o ddim yn meddwl y basa fo wedi medru cael amser ffwrdd o'r gwaith achos bod yna ryw foi newydd yn dechra. Job Dad oedd dangos i'r boi newydd be i'w wneud.

Y tro cynta go iawn yn y *gym*

Roedd Dyl a finna wedi bod yn y *gym* o'r blaen yn cael ein dysgu sut i wneud bob dim efo Jennifer a'r bobol od yna. Rŵan, roeddan ni'n cael mynd ar ein penna ein hunain am y tro cynta heb neb arall. Roedd hi bron yn saith o'r gloch erbyn hyn ac roedd hi'n dywyll fel bol buwch y tu allan.

Y ddynes sbectol oedd wrth y ddesg yn y dderbynfa eto. Gwenodd pan welodd hi ni'n dau.

"Helô, hogia! *Gym* ia? Ga i weld 'ych cardia chi?"

Dyma ni'n dangos ein cardia newydd iddi hi a ffwrdd â ni drwy'r drysa ac i lawr y coridor i'r lle newid. Roeddan ni'n rêl bois yn cael dŵad yma ar ein penna ein hunain, Dyl yn ei Pegasus a finna yn fy ZXs. Siorts ysgol a chrys-T Man U roedd Dyl yn eu gwisgo a finna yn fy siorts ysgol a chrys Cymru – copi, ond roedd o'n gopi da. Dim ond wrth edrych yn agos agos roeddach chi'n gallu gweld y cracia bach ar y bathodyn ac ar y rhif ar y cefn ar ôl ei olchi.

Oeddan, roeddan ni am ddod i'r *gym* 'ma am 'chydig wythnosa, ac roeddan ni'n mynd i fod yn solid mewn dim o dro.

Ond pan aethon ni allan o'r lle newid a mynd mewn i'r *gym*, bron iawn i ni redag yn ôl allan. Ar ôl edrych ymlaen cymaint, roeddan ni'n difaru mynd yn agos i'r lle.

Roedd y lle yn llawn dop. Roedd yna rywun ar bob peiriant, bron iawn. Doedd yna ddim lle i symud yn y gornel codi pwysa gan fod yna griw o tua deg o fois ifanc, tipyn hŷn na ni, yn codi pwysa yna. Ro'n i'n nabod gwyneba y rhan fwya ohonyn nhw o'r ysgol ond roeddan nhw wedi gadael rŵan.

Roeddan nhw'n gwylio ei gilydd ac yn deud "Un arall, un arall eto!" cyn newid lle efo'r naill a'r llall. Pan gododd un oddi ar y fainc roedd o'n edrych fel gorila mawr cry. Trowsus tracsiwt oedd o'n wisgo a fest ddu yn dangos ei fysls i gyd. Roedd o'n chwys doman hefyd.

Aethon ni o fan'no yn reit sydyn a mynd at y beics. Roedd yna rywun ar bob beic, a lliain ganddyn nhw i gyd am eu sgwydda. Roeddan nhw'n edrych fel eu bod nhw am fod arnyn nhw am hydoedd, a bod dim gobaith i neb arall fynd arnyn nhw am ddau neu dri diwrnod!

Y peiriannau rhedeg wedyn. Roedd yna dri o bobol yn cerdded arnyn nhw, yn mynd yn slô bach fel eu bod nhw'n mynd am dro yn y parc! Mi bwysodd un y botwm stop er mwyn stopio. Ond jyst stopio i glymu ei g'ria wnaeth o ac ailddechra cerdded eto wedyn, yn ara deg fel malwen.

Y peiriannau rhwyfo. Tri yn symud yn reit gyflym oedd ar y rhain ac yn mynd 'nôl a 'mlaen fel dwn i'm be. Doeddan nhw ddim am orffen am yn hir, yn ôl eu golwg nhw. Basan nhw'n gallu rhwyfo i Iwerddon ac yn ôl yn reit handi.

"Be wnawn ni?" medda Dyl.

"Dwn i'm," medda fi.

"Awn ni i roi mwy o ddŵr yn y poteli 'ma!" medda Dyl.

Doeddan ni heb chwysu dim ond roeddan ni wedi yfed ein dŵr bron iawn i gyd! Y rheswm am hynny oedd ein bod ni'n sefyllian yn y *gym* ac yn teimlo bod pawb yn edrych arnon ni. Doedden ni ddim yn gwbod be ar y ddaear i'w wneud. Roeddan ni wedi cael clamp o siom.

Dyna pryd y digwyddodd rhwbath i godi ein calonna ni. Daeth Jennifer i mewn yn sydyn o rwla, dod yn syth aton ni, a medda hi,

"Iawn, hogia? Mae'n brysur 'ma heno. Dowch efo fi!"

A dyna wnaethon ni. Dilynon ni Jennifer allan o'r *gym* llawn pobol ac ogla chwys i ryw le arall doeddan ni heb weld o'r blaen.

"Ylwch," medda hi, "y stiwdio ydy'r stafell yma ac mi gewch chi ddefnyddio'r petha fan hyn am heno, os liciwch chi. Dydyn nhw ddim yn bwysa mawr ond maen nhw'n ddigon i chi ddechra."

"Diolch," meddan ni'n dau yr un pryd, yn sbio o'n cwmpas ac yn gweld ein hunain yn y drychau mawr oedd ar hyd waliau'r stafell. Roeddan ni mor ddiolchgar am iddi ddod â ni allan o'r lle arall. Doeddan ni ddim isio aros 'run eiliad yn rhagor yn fan'no!

"Peidiwch â gor-neud hi rŵan!" medda hi, a ffwrdd â hi allan a'n gadael ni'n dau yna efo'r pwysa gwyrdd a phinc a phiws. Roedd y dymbels oedd gen i yn llofft adra yn pwyso mwy na'r rhain. Roedd yna raffa sgipio yna hefyd a hŵps mawr bob lliw. Pan driodd Dyl gicio rhyw bêl rybyr ddu, bron iawn iddo dorri'i droed! Roedd o'n deud 12kg arni. Pêl rybyr efo pwysau ynddi oedd hi.

Roedd yna hen ddigon o betha i'n cadw ni'n brysur a gwneud i ni chwysu.

"Iesgob, dwi'n falch bod ni fan'ma!" medda Dyl.

"A finna!" medda fi, yn trio cyfri lawr o 12 efo'r dymbels piws.

"Dwi ddim isio dod yma yr un pryd â'r robins goch 'na i gyd eto!" medda Dyl.

"Robins goch?" medda fi. "Be ti'n feddwl?"

"Wel y bois dre 'na. Bois codi pwysa. Welest ti nhw? Coesa bach tena fel matsys a rhyw frest fawr fel robin goch ganddyn nhw i gyd!"

"Ha!" medda fi. "Ia, ymarfer lot ar eu topia a dim ar eu coesa ma nhw."

Edrychais arna i a Dyl yn y drych mawr. Coesa fel matsys oedd gynnon ninna hefyd. Breichia fel matsys hefyd, a deud y gwir. Ond roedd petha'n mynd i newid. Dim ond ein tro cynta go iawn ni yn y *gym* oedd hwn, yn de!

Noson cyn gadael

Yn ddistaw bach ro'n i'n falch mai enw Mam oedd wedi dod allan o'r het. Roedd hi'n haeddu cael gwyliau bach a chael newid o'r lle mae hi'n gweithio. Roedd Mam wrth ei bodd a doedd hi ddim yn stopio mwydro. Roedd hi wedi bod yn torri ei gwallt yn wahanol, a phrynu côt newydd felen i fynd ar y trip achos ei bod hi'n meddwl ei bod hi am fod yn oer ofnadwy yn Nuremberg.

"Fydd hi'n oer ofnadwy yna, 'sdi!" meddai hi wrtha i, y noson cyn i ni gychwyn.

"Rhwbath tebyg i Gymru fydd hi," medda fi, "gwynt a glaw. Dwi'm yn meddwl bydd yna lot o wahaniaeth, Mam."

"Gei di weld. Ty'd â dy fenyg a dy het efo ti!"

Roedd hi isio checio'r e-bost unwaith eto i wneud yn siŵr fod pob dim yn iawn. A dyna wnaethon ni ... am y trydydd tro. Doedd dim rhaid i fi checio dim byd achos fy mod i'n gwbod bob dim yn iawn ar ôl ei ddarllen o drosodd a throsodd. Os baswn i'n cael prawf ar yr e-bost yna, mi faswn i'n cael A*, dim problem.

Roedd yr e-bost yn deud bod yn rhaid i Mam a fi fod yn Terminal 1, maes awyr Manceinion erbyn 11 o'r gloch y bore. Yn y maes awyr bydden ni'n cyfarfod rhai o'r enillwyr eraill ac yn cael sgwrs efo rhywun o'r FAW. Doedd o ddim yn deud ein bod ni'n mynd i gael y cerdyn mil o ewros adidas cyn mynd ar yr awyren, ond dyna o'n i'n ei obeithio.

Roedd yna rai enillwyr yn hedfan o faes awyr Caerdydd achos ei fod o'n agosach at lle roedden nhw'n byw. Bydden ni i gyd yn cyfarfod ym maes awyr Munich ac yna'n dal y trên i Nuremberg, cyn mynd i'r gwesty i gysgu tan bore wedyn.

Roedd fy stumog i'n llawn pilipalas a fy ffôn yn pingio o hyd ac o hyd. Pobol yn deud petha fel,

"Pob lwc fory!" a "Bihafia!" a "Cofia ddod â trenyrs 'nôl i fi!"

Wnaeth neb fy ngalw i'n Charlie, diolch byth!

Roedd yr athrawon yn 'rysgol wedi bod yn glên ofnadwy hefyd ac yn tynnu fy nghoes, yn deud wrtha i am gofio dod 'nôl i orffen fy Mlwyddyn 10. Roedd Miss Celf isio fi holi os oedd yna job iddi hi yna ac roedd Mr Roberts isio fi ddod â *Bratwurst* iddo fo. Mi wnes i wenu ac actio fel fy mod i'n gwbod be oedd *Bratwurst*. Wedyn, es i chwilio ar y we i weld be oedd o. *Bratwurst* ydy sosej yn Almaeneg felly sosej oedd Mr Roberts ei isio.

Mi wnaeth Lowri anfon neges hefyd. Doedd hi heb yrru neges erstalwm iawn. Neges fach oedd hi'n deud pob lwc. Mi wnaeth hi roi sws ar ddiwedd y neges. Dwi ddim yn gwbod os ydy hi'n dal i fy hoffi fi ond weithia dwi'n meddwl fy mod i dal yn ei hoffi hi. Mae o jyst yn bechod ei bod hi wedi gwneud be wnaeth hi. Efo amser, ella fedra i ei hoffi hi unwaith eto. Ei hoffi hi fel ro'n i'n ei hoffi o'r blaen.

Lawr yr M56 i Fanceinion

Gymrish i dipyn o amser i gysgu noson cyn mynd. Isio cysgu ond methu! Tebyg i'r teimlad hwnnw noson cyn Dolig. Codon ni am 6 y bore ac aeth Dad â ni yn fan gwaith yr holl ffordd i faes awyr Manceinion, Terminal 1. Daeth Lisa efo ni hefyd. Roedd hi isio deud ta-ra, medda hi, ond roedd hi isio colli ei dwy wers gynta yn yr ysgol hefyd. Byddai hi 'nôl erbyn diwedd amser egwyl. Doedd yna ddim lle i Lloyd ddod efo ni. Biti garw 'de!

"Ydy bob dim efo chi rŵan?" medda Dad wrth barcio a throi'r injan i ffwrdd. "Pasbort a pres ydy'r petha pwysica."

"A'r tocynna!" medda Lisa.

"Ydy tad!" medda Mam. "Mae bob dim gen i yn y ffolder 'ma. Sbïwch!"

Roedd y ffolder las golau yn un newydd, a Mam wedi rhoi pob dim yn dwt yn y waledi plastig y tu mewn i'r ffolder. Ro'n i isio chwerthin pan welis i ei bod hi wedi rhoi label stici a saeth arni'n deud 'Ffordd hyn i fyny' rhag ofn i ni ddal y ffeil ben i lawr ac i bob dim lithro allan a mynd ar lawr.

Parciodd Dad y fan gwaith tu allan i Terminal 1. Neidiodd allan a mynd i nôl ein bagia ni o gefn y fan a'u pasio nhw i ni.

"Hwyl i chi!" medda Dad, yn rhoi sws fawr i Mam a chwalu fy ngwallt i. "Rydan ni'n sbio 'mlaen i gael presant bob un, dydan, Lisa!"

"Ydan. Ti'n gwbod sut rai dwi isio!" medda hi wrtha i, a rhoi sws i Mam.

"A rhwbath neis i fyta i fi, plis," medda Dad. "Dim ryw sgidia rybyr drud!"

"Edrycha ar ôl Dad!" medda Mam wrth Lisa.

"Edrycha ar ôl Mam!" medda Dad wrtha i.

"Anfonwch negas i ddeud bo chi 'di cyrraedd yn saff!" medda Dad wedyn wrth i ni'n pedwar gerdded tuag at y sgrin fawr yn deud lle roedd yr holl awyrennau'n mynd ar fore dydd Iau. Er ei bod hi'n gynnar yn y bore, roedd yna dipyn o bobol o gwmpas a goleuada neon llachar yn ddigon i'ch dallu chi. Addurniadau Nadolig coch a gwyrdd ym mhob man hefyd.

"Mae bob man ond Munich yna," medda Dad, "Well i chi aros fan hyn tan mae'r enw'n dod ar y sgrin. Wedyn, mi gewch chi rif giât i fynd iddi."

"Iawn," medda Mam a finna efo'n gilydd.

"Well i Lisa a fi ei throi hi. 'Mond am bum munud dwi'n cael parcio'n fan'na. Dwi ddim isio ffein."

Rhoddodd Dad sws arall i Mam, a dyma fo a Lisa'n mynd yn reit sydyn ar draws y llawr sgleiniog oedd yn edrych fel ei fod o newydd gael ei bolisio. Aethon nhw am y drysau mawr gwydr a'n gadael ni'n dau efo'n bagia a'n ffeil bwysig o flaen y sgrin yn disgwyl i enw Munich ddod i'r golwg.

Doeddan ni ddim am weld Dad na Lisa am dri diwrnod rŵan. Mi wnes i feddwl am be wnaeth Dad ddeud wrtha i. Edrycha ar ôl Mam. Erstalwm, Mam oedd yn edrych ar fy ôl i ond rŵan fi oedd yn edrych ar ôl Mam. Wel, fi oedd wedi ennill y trip, ynde, ac ro'n i'n dalach na Mam erbyn hyn hefyd.

Buon ni'n edrych ar y sgrin ac yn darllen holl enwa'r llefydd pell oedd yn dod arni mewn print gwyn ... Budapest ... Istanbul ... Athens ... Brussels ... Cologne ...

"Deud wrtha i pa wlad ydy'r rheina," medda Mam. "Dechra o'r top ..."

"Hwngari ... Twrci ... Gwlad Groeg ... Gwlad Belg ..." medda fi.

"A ... Cologne ...?" medda Mam.

"Dwi'm yn siŵr am hwnna," medda fi.

"*GERMANY*, y twpsyn!" medda llais rhywun yn uchel y tu ôl i ni.

Mi drodd y ddau ohonan ni rownd yn sydyn i weld rhyw foi tal, gên yn sticio allan, tena fel polyn. Roedd o mewn tracsiwt adidas ddu a threnyrs gwyn, cap ar ei ben ac angen siafio. Sbiodd i lawr arnon ni a gwenu'n slei. Roedd 'na fersiwn mini mî ohono fo wrth ei ymyl mewn glas, yn gwenu'n slei 'run fath â fo ac yn trio darllen y sgrin.

"Cymraeg *all the way*!" medda'r boi tal a thena fel polyn.

"Yndan!" medda Mam. "Aros i Munich ddod fyny 'dan ni."

"Munich? Ni hefyd!" medda'r boi llai.

"Chi 'di ennill Trip efo'r FAW fel ni?" medda'r tala.

"Do," medda Mam, yn chwerthin yn ansicr. "Fflio am 1 o'r gloch."

"Aiii, a ni!" medda'r polyn tal a'r polyn

llai efo'i gilydd, a dyma'r ddau, am ryw reswm, yn troi eu capia *baseball* rownd fel bod y pig ar y cefn.

"Gari Fflint ydw i a Hari Fflint ydy hwnna," medda'r boi tal yn weddol glên wrth Mam ac yn hanner sbio arna i. "Aiii, ma amser da o'n blaena ni! Pwy dach chi?"

"Linda ydw i a BYT ydy o," medda Mam, yn amlwg ddim wedi cymryd at y ddau frawd Fflint 'ma.

"Lyfli Linda a Byti boi!" medda Gari gan chwerthin a rhoi *fist pump* i'w frawd bach.

"Aiii, da, Gari!" medda Hari a dyma fo'n troi at Mam a fi wedyn a deud, "Gweld chi wedyn, goro mynd i'r *duty free* i nôl cans."

"Mwy o cans!" medda Gari. "*Flinty boys on tour!*"

Sbiodd Mam a finna ar y ddau yn mynd efo'u coesa hir, tena, a'u bagia nhw'n edrych yn drwm ofnadwy. Wedyn, dyma ni'n sbio ar ein gilydd wedi dychryn 'chydig bach a ddim yn gwbod be ar y ddaear i'w ddeud.

"Bobol bach!" medda Mam. "Mae'r ddau lembo yna yn mynd i fod efo ni! Tybad pwy arall fydd efo ni ar y trip 'ma?"

Gwnaeth hyn i fi ddechra poeni 'chydig bach.

Giât 62

Ro'n i a Mam wedi cyrraedd y giât yn reit gynnar ac wedi cael lle i ista i aros am yr awyren. Aethon ni drwy'r lle diogelwch yn ddidraffarth heblaw bod Mam wedi gorfod tynnu ei sgidia achos bod yna sodla mawr arnyn nhw a basa hi'n gallu cuddio rhwbath ynddyn nhw! Dwn i'm be chwaith.

Wnaethon ni gerdded drwy'r lle *duty free* a jyst sbio

ar y Toblerones mawr a ballu heb brynu dim byd. Roedd y lle'n llenwi rŵan a Mam a finna'n trio meddwl pwy arall oedd yn edrych fel eu bod nhw am ddod efo ni. Roedd gynnon ni bron i awr cyn hedfan. Doedd yna neb wrth y ddesg i ni ddangos ein pasborts chwaith.

Yn sydyn, dyma Gari a Hari yn dod i'r golwg, yn edrych yn flin ofnadwy a'u gwyneba nhw'n goch i gyd. Roedd eu llygaid nhw'n melltio. Roeddan nhw'n edrych fel eu bod nhw wedi cael ffrae go iawn, ac ella wedi cael ffeit achos roedd top tracsiwt las Hari yn edrych yn flêr. Roedd capiau'r ddau yn wynebu'r ffordd iawn eto.

"Dwi'n mynd i'r toilet," medda fi wrth Mam. "Ma 'na un lawr fan'na."

"Tyd 'nôl yn syth bin," medda hi.

Isio clywad be oedd Gari a Hari yn deud ro'n i, siŵr iawn, ac wrth imi basio heibio iddyn nhw ro'n i'n gallu deud eu bod nhw'n dal i ffraeo. Dyma be glywais i wrth imi basio heibio nhw,

"Fforti cwid lawr y swoni!" medda Gari a phwyntio at ryw dwll dychmygol ar lawr.

"Twenti-ffôr cans o Stella!" medda Hari a phlethu ei freichia'n flin.

"Idiot!" medda Gari.

"Ti ydy'r idiot!" medda Hari, "Dyle bo fi 'di gofyn i Connor ddod efo fi, dim ti!"

Wedyn, dyma Gari yn gwneud ei freichiau fel tebot a deud 'run fath â Hari ond mewn llais merchetaidd, "Dyle bo fi 'di gofyn i Connor ddod efo fi, dim ti!" Gan ei fod o mor dal a thenau roedd o'n edrych yn ddoniol iawn yn deud hynna. Ond wrth ddeud y "Ti!" wnaeth o bwyntio ei fys hir tena i mewn i lygad Hari.

Rhoddodd Hari ei law dros ei lygad a dechra rowlio ar lawr, yn union fel pêl-droediwr yn trio cael y reff i roi cerdyn coch i'r chwaraewr arall. Druan ohono fo! Roedd yna bobol yn sbio'n syn arnyn nhw. Mi wnes i fynd yn y 'mlaen reit sydyn a jyst rhoi dŵr dros fy wynab yn y toiled. Wel, ddim yn y toiled ond yn y sinc, ynde!

Reit, ro'n i'n dallt be oedd wedi digwydd! Ro'n i isio chwerthin. Be oedd 'di digwydd oedd bod y ddau wedi gwario lot o bres ar ganiau cwrw. Dyna be oedd yn gwneud eu bagia nhw'n drwm. Wedyn, wrth fynd drwy'r lle diogelwch roedd y bobol diogelwch 'di deud bod nhw ddim yn cael mynd â nhw trwodd! Mond 'chydig bach o hylif ydach chi'n cael cario, 'de, ac roedd petha fel poteli bach o sent a stwff siafio yn gorfod cael eu rhoi mewn bagia bach plastig.

O diar – dyna pam fod yr hogia o'u coua! Prynu cwrw, wedyn gorfod ei adael o ar ôl yn y lle diogelwch. Roeddan nhw 'di meddwl cael dod â fo efo nhw ar yr awyren.

Mi es i 'nôl i ddeud wrth Mam am fy ngwaith ditectif ond roedd yna rywun yn siarad efo hi. Dynes ifanc mewn côt goch, pyffi a bathodyn yr FAW. Carys oedd ei henw hi. Gwallt cyrls cochlyd oedd ganddi a Converse gwyn am ei thraed. Roedd hi'n dod efo ni i Munich.

"Shwmai. Ti'n edrych 'mlaen, BYT?" gofynnodd hi i fi ar ôl sgriblo rhwbath ar y clipfwrdd.

"Yndw, yn ofnadwy!" medda finna.

"Ry'n ni'n mynd i gael sbort!" medda hi a rhoi winc ar Mam. Mi wthiodd hi ei ffordd drwy'r bobol i gyd a mynd i siarad efo'r Flinty Boys oedd yn pwyso yn erbyn y wal ochr draw ac yn edrych yn ddigalon. Mi ges i gyfle i ddeud wrth Mam pam eu bod nhw mor flin. Roedd

Mam isio chwerthin.

"Be oedd y gair cynta ddudodd y Gari 'na wrthon ni?" gofynnodd Mam.

"Be? Wrth y sgrin?" medda fi.

"Ia," medda Mam.

"Twpsyn!" medda fi.

"Aiii!" medda Mam, yn actio Gari. "Pwy 'di'r twpsyn rŵan, tybad? Dim *Flinty Boys on tour* ond dau dwpsyn *on tour*, 'sa ti'n gofyn i fi!"

Fuon ni'n chwerthin wedyn a dyma fi'n cofio'n sydyn am y gystadleuaeth, am y cerdyn plastig a'r pres a ballu ...

"Ddudodd Carys rwbath am y mil o ewros?" medda fi.

"Naddo, jyst deud wrthon ni am gadw golwg amdani hi ar ôl ni fynd o'r awyren yn Munich. Wedyn, mae hi am esbonio bob dim i bawb efo'i gilydd."

"Iawn," medda fi.

Iesgob, roedd gen i deimlad fod hwn am fod yn drip a hanner! Y trip gora erioed.

Lufthansa

Rhyw ddwy awr oedd y daith i Munich, ac roedd Mam a fi yn ista yn agos i'r cefn efo'r ferch ddel 'ma oedd yn mynd adra am y Nadolig i Athen. Bron iawn i mi ddeud wrthi fod hi ar yr awyren anghywir ond mi ddudodd hi ei bod hi am ddal awyren arall o Munich ymlaen i Athen wedyn. Diolch byth 'mod i heb agor fy ngheg! Roedd hi'n poeni mai dim ond ugain munud oedd ganddi i ffendio'r awyren iawn ar ôl iddi hi gyrraedd Munich.

Ro'n i'n gallu gweld capia bois Fflint hanner ffor' i

lawr yr awyren. Roedd pen Gari bron yn cyffwrdd y to. Wel, cyffwrdd y lle dal bagia uwch ei ben. Clywson ni nhw'n protestio'n uchel a chwifio eu breichiau pan ddwedodd y capten yn Almaeneg i ddechra, ac wedyn yn Saesneg, eu bod nhw'n brin o staff ac mai ond panad o de, coffi neu ddŵr oedd ar gael. Roedd gen i syched fel camel ac roedd dŵr yn ddigon da i fi. Panad o de gafodd Mam.

Mi edrychais i ar y llunia yn y cylchgrawn dach chi'n gael am ddim ar yr awyren. Ar un dudalen roedd yna fap o'r byd yn dangos lle roedd Lufthansa yn fflio. Roedd y map yn edrych fel coedan goch efo canghenna'n mynd i bob man, neu fel tân gwyllt a saetha'n mynd o Frankfurt yn yr Almaen, mor bell â llefydd o'r enw Vancouver a Bogotá yn y gorllewin, Cape Town yn y de, a Nanjing a Nagoya yn y dwyrain. Iesgob! Roedd fan'no'n edrych yn bell. Roedd o'n gwneud i'n taith ni o Gymru, wel o Fanceinion, i'r Almaen, edrych yn fyr iawn, iawn.

Mi wnes i ddechra mwydro 'mhen yn meddwl am yr holl awyrennau 'na'n hedfan i bob man dros y byd i gyd. Dim ond un cwmni ydy Lufthansa, ynde, ac mi feddyliais i am yr holl gwmnïau eraill oedd yn hedfan yr un pryd, a'r holl bobol yn yr awyr uwch ben y byd. A be am yr holl danwydd oedd ei angen i'r awyrennau 'ma fynd i bob man? Ond dyma'r ferch ddel oedd yn mynd adra i Athen yn dechra pwyntio at y ffenast a deud wrth Mam a finna am sbio i weld goleuadau Munich yn gylchoedd bychan bach gwyn oddi tanon ni, ac yna'n mynd yn fwy ac yn lliwiau gwahanol wrth i ni fynd yn is ac yn is. Roeddan ni bron â chyrraedd.

Dilynwch fi!

Gawson ni fynd oddi ar yr awyren yn reit sydyn achos ein bod ni'n ista yn agos i'r cefn. Roedd Carys yna o'n blaenau ni, yn ei chôt goch, pyffi ac yn dal ei chlipfwrdd. Roedd ganddi fag mwy na hi ei hun wrth ei thraed. Aethon ni'n syth ati hi, fel roedd hi wedi'i ddeud wrth Mam.

"Nawr 'te," medda hi. "Mae arna i angen 'ych help chi i whilo am Gari a Hari a Mr James a Gwendoline."

"'Dan ni 'di cyfarfod y ddau yna!" medda Mam.

"Ma nhw'n fan'na," medda fi, yn eu gweld nhw ar waelod y grisia ar olwynion oedd yn dod o'r awyren, ac yn cerdded yn eu blaena yn sbio ar eu traed. Roeddan nhw'n mynd i'r cyfeiriad hollol groes i ni!

"Rheda, glou!" medda Carys wrtha i. "Cer i'w hôl nhw!"

Dyma fi'n rhoi fy mag i Mam a rhedag ffwl pelt ar eu hola nhw gan weiddi "Gari! Hari!" a mynd yn nes atyn nhw a gweiddi eto "Hari! Gari!"

Trodd y ddau yn sydyn a sbio'n syn arna i fel tasan nhw 'rioed 'di 'ngweld i o'r blaen, ond dyma Gari'n cofio pwy o'n i a dyma fo'n deud fel hyn,

"Byti boi! Be sy'n bod? Ti 'di colli Mami?"

"Naddo," medda fi a phwyntio tu ôl. "Carys sydd isio ni i gyd fynd ati i fan'na!"

"O!" medda Gari, "OK, well ni fynd at Little Red Riding Hood 'te!"

"Hi ydy'r bos!" medda Hari. Dyma ni'n tri yn cerdded yn ôl at Carys a Mam. Ro'n i'n teimlo'n wirion achos mae'n siwr 'mod i'n edrych yn fach ofnadwy yn cerdded wrth ymyl Gari a Hari. Llygoden oeddwn i efo dau jiraff bob ochr i mi.

Erbyn i ni gerdded yn ôl at Carys roedd yna ryw ddyn mewn siwt a thei yn sefyll o'i blaen hi a merch tua'r un oed â fi wrth ei ymyl. Sgidia porc pei brown oedd ganddo fo am ei draed a hitha efo Superstars du a gwyn a sgribls fel sgwennu rhywun ar y tu ôl. Mae'n rhaid mai'r ddau yma oedd Mr James a Gwendoline.

Croeso i Munich!

"Nawr 'te," medda Carys, yn ticio enw pawb ar y clipfwrdd yn union fel athrawes yn yr ysgol. "Croeso i Munich! Fi ddim am siarad man hyn. Ewn ni miwn – dilynwch fi!"

A ffwrdd â ni ar ôl Carys, yn un rhes hir fel defaid. Mewn â ni i drên i ddechra ac wedyn i fyny grisia symudol anferthol. Roedd yr holl adeilad yn edrych yn newydd sbon, yn wydr ac yn fetel i gyd. Roedd eich adlewyrchiad ym mhob man – ar y lloriau, a'r to, ac ar y waliau mawr gwydr sgleiniog a glân. Roedd y coridorau i'w gweld yn hir, hir ac yn mynd am byth. Doedd o ddim yn edrych fel adeilad heddiw ond fel rhyw adeilad o'r dyfodol.

Stopiodd Carys yn sydyn o dan ryw arwydd gwydr yn hongian o'r to yn deud yn Almaeneg, 'Raum für Gebet und Stille', ac yn Saesneg, 'Meditation and Prayer Room'. Stafell i fyfyrio a gweddïo. Roedd yna symbolau pum crefydd fwya y byd o dan yr ysgrifen. Croes. Lleuad. Seren. Sgwigl. Olwyn. Beth ddwedodd Miss yn Addysg Grefyddol oedd y sgwigl yna eto?

Ro'n i'n meddwl bod Carys am siarad efo ni, ond checio roedd hi fod pawb yn dal efo hi, ac aeth yn ei blaen i lawr y coridor hir 'ma ac i lawr grisia symudol arall i'r orsaf drenau. Yr Hauptbahnhof. Ymhen dim, roedden ni ar drên arall i Munich ei hun am dros hanner awr, a phawb yn rhyw sbio ar ei gilydd ond neb yn deud ryw lawer o ddim byd, jyst golwg 'Plis gawn ni gyrraedd?' ar bob un ohonon ni.

Roedd yna goed Nadolig a goleuada mawr arnyn nhw yng ngorsaf Munich. Marchnad Nadolig hefyd a lleoedd i sglefrio. Be ddaliodd fy sylw i fwya oedd y siop fawr tîm pêl-droed Bayern Munich. Roedd hi'n llawn crysa a chapia coch a du a phob dim posib efo enw'r tîm arno. Ond doedd yna ddim gobaith mynd i mewn i'r siop na stopio i gael diod na dim byd. Doeddan ni ddim yn cael stopio, dim ond gwneud y conga yn un rhes hir y tu ôl i Carys.

Fi a Mam oedd yr ola yn y rhes rŵan.

"Ti isio fi gario dy fag di, Mam?" medda fi.

"Ia, am funud 'ta, plis. Lle 'dan ni'n mynd, dwad?"

"I ddal y trên i Nuremberg," medda fi. "Gawn ni ista lawr ar y trên, 'sdi!"

"Gobeithio wir! Dwi jyst â colapsio!"

Roedd Carys yn dal i fartsio yn ei blaen fel Owain Glyndŵr ar ei ffordd i losgi'r dre nesa i'r llawr, ond dyma fi'n gweld Hari a Gari yn deud wrthi am stopio. Roeddan nhw'n pwyntio i fyny at glamp o arwydd a oedd yn hongian i lawr o do yr orsaf fawr. Roeddan nhw'n pwyntio ato ac yn rowlio chwerthin ac isio i Mr James a Gwendoline weld y jôc hefyd. Fe sbiodd y ddau ohonyn

nhw i fyny ac wedyn sbio 'nôl lawr ar eu sgidia.
Un gair oedd ar yr arwydd, a'r gair hwnnw oedd:

AUSFAHRT

Doeddwn i ddim yn gweld be oedd yn ddoniol i ddechra, ond ar ôl trio deud y gair yn uchel mi wnes i ddallt! Roedd Hari a Gari'n dal yn chwerthin ac yn curo cefna ei gilydd ac yn sbio dros eu hysgwydda ar yr arwydd ar ôl ei basio fo.

O leiaf roeddan nhw'n ffrindia unwaith eto ar ôl y busnes caniau cwrw ym maes awyr Manceinion!

Cerdded yn syth yn eu blaena wnaeth Mr James a Gwendoline. Roedd eu trwynau nhw ychydig bach yn yr awyr.

"Ni 'ma!" medda Carys ar ôl i ni gyrraedd platfform rhif 23. Roedd yna lwyth o blatfforms yna a'r trenau i gyd fel nadroedd gwydr a metel coch sgleiniog yn barod i lithro allan o'r orsaf fawr. Roedd Carys wedi checio ein bod ni yn y lle iawn efo'r ddynes docynnau, achos doedd o ddim yn deud Nuremberg ar flaen y trên.

Ac am drên! Un mawr, newydd, crand. Digon o le i bobol fawr dew gerdded i fyny a lawr y canol. Seti cyfforddus braf yn mynd i fyny ac i lawr ac yn ôl ac ymlaen. Ar y to roedd yna sgriniau cyfrifiadur efo map yn dangos lle roeddan ni'n mynd, ac ar ôl i ni ddechra symud roedd yn dangos cyflymder y trên (300km oedd y cyflymder uchaf) a llinell wen yn dangos lle roeddan ni ar y map. Tipyn bach yn wahanol i'r trenau 'nôl adra!

Dyma be oedd o'n ddeud ar y sgrin,

Nürnberg Hbf
Roth
Würzburg Hbf
Leipzig Hbf
Berlin Gesundb
Neuhaus (Pegnitz)

Mi wnes i a Mam gysgu ar y trên. Doedd yna ddim byd i'w weld drwy'r ffenast dim ond tywyllwch mawr ac wedyn golau pan oeddan ni'n fflachio mynd drwy bentrefi a thrwy drefi bychain.

Dynas oedd yn eistedd gyferbyn â ni ac roedd hi yn cysgu hefyd. Petha clustia ganddi yn ei phen. Roedd Carys a phawb arall yn ista y tu ôl i ni yn rhwla.

Mae'n rhaid fy mod i rhwng cwsg ac effro pan ddechreuais i feddwl am betha rhyfadd. A fyddai pob dim yr un fath os na faswn i a Mam wedi cael y tocyn aur? Dwi'n gwbod na fasa petha yr un fath achos fyddan ni ddim wedi cael dod. Ond a fyddai pob dim arall yr un fath? Fyddai'r bobol arall yma ar y trên? Y ddynas 'na yn ista ar ei phen ei hun yr ochr draw i ni. Y dyn ifanc efo pen moel yn darllen papur. Y dyn croen tywyll oedd yn edrych fel ei fod o'n gafael yn ei goffi i gnesu ei ddwylo. A fasan nhw'n ista yn fan'na yn gwneud yr union betha yna os baswn i a Mam yn ôl adra?

"Dou funed!" medda Carys. "Ni bron 'na nawr."

Ro'n i'n falch iawn o glywed Carys yn deud hynny, ac yn deud wrthon ni am hel ein petha ac am beidio gadael dim byd o dan y sedd neu ar y silff uwch ein penna.

Daeth y trên i stop yn esmwyth braf ac yn ddistaw bach. Dwi'n siŵr bod gyrrwr y trên yn gwisgo ei slipars. Mi welish i arwydd du a gwyn yn deud 'Nürnberg'.

"Dydyn nhw ddim yn gallu sillafu!" medda Gari wrth Hari ar ôl i ni gyd ddod oddi ar y trên.

"Enw'r lle yn Almaeneg yw e!" medda Carys.

"Dwi'n gaspio!" medda Hari wrth Gari, a phawb arall yn ei glywad o. "Carys, gawn ni fynd am un sydyn i'r bar 'na fan'cw?"

"*Zwei* cwrw!" medda Gari gan chwerthin, yn trio bod yn glyfar.

Wnaeth Carys ddim cymryd sylw ohonyn nhw, dim ond deud fel hyn,

"Nawr 'te, pawb i 'nilyn i. Dyw'r gwesty ddim ymhell."

Daethon ni gyd allan o'r orsaf i'r nos yn Nuremberg. Y tu allan i'r orsaf roedd yna bobol yn yfad o boteli brown a rhyw ddynas efo gwyneb gwyn fel y galchen a sgidia mawr yn dawnsio ar ei phen ei hun. Roedd Gwendoline yn sbio'n syn arni hi a'i thad yn ei phrysuro yn ei blaen, a golwg ofnus arno fo.

Ceir, goleuada, trams, beics, pobol ym mhob man.

"Lle prysur!" medda Mam, yn stopio cerdded am eiliad i gau ei chôt felen newydd.

"Ia," medda fi, yn sylwi ei bod hi'n hanner awr 'di deg yn y nos.

"Gawn ni banad yn y stafell ar ôl cyrraedd," medda hi.

"Ac w'rach bydd 'na fisgits am ddim," medda finna.

"Yr hen fol!" medda Mam.

Mewn chwinicad, roeddan ni wedi cyrraedd y gwesty.

Waw! Roedd o'n westy crand ofnadwy a phob peth yn edrych yn newydd ac yn lân. Erbyn i Carys siarad efo Hanz, y boi mewn gwasgod a bo-tei y tu ôl i'r ddesg, a chael y cardiau i bawb ddefnyddio'r lifft ac agor drws eu stafelloedd, roedd Gari a Hari wedi mynd i'r bar yn y pen draw.

Roedd Mam a finna'n gallu gweld y ddau yn cael ras yfad llond gwydryn tal o gwrw melyn. Wedyn, dyma nhw'n dod 'nôl aton ni, troi eu capia pig rownd a thorri gwynt mawr dros y lle. Wnaeth y boi bo-tei sbio'n flin arnyn nhw a deud rhwbath yn Almaeneg, rhwbath oedd yn swnio fel "Zwei grosse schweine!"

Roedd Carys yn deall be oedd o wedi'i ddeud ac roedd hi'n edrych yn reit flin. Be wnaeth hi oedd rhoi'r cardia iddyn nhw gynta iddyn nhw fynd i'w stafell ac allan o'r ffordd. Ac i ffwrdd â nhw tra oedd Carys yn deud pryd oedd brecwast, a'i bod hi isio i bawb fod yna cyn naw o'r gloch.

Roedd y diwrnod mawr bron â chyrraedd. Ro'n i isio iddo ddod yn sydyn a dyna pam es i a Mam i'r gwely ar ein hunion, bron, ar ôl gwneud galwad fideo i Dad a Lisa. Ro'n i isio deud helô ond ro'n i fwy isio dangos y stafell grand i Lisa.

Lisa fy chwaer ydy'r un gyflyma dwi erioed wedi'i weld am ateb ffôn. Y rheswm am hynny ydy ei fod o'n sownd yn ei llaw hi, wedi morffio'n rhan o'i chorff hi erbyn hyn. Wnaeth hi ddim fy siomi! Dim helô gan Lisa, jyst dechra siarad yn syth bin ...

BRRRRR

Dach chi 'di cyrraedd? 'Di'r hotel yn posh? Pwy arall sy efo

chi? Ti 'di cael y pres eto?
Helô, Lisa!
Helô! Ti'n iawn? Ydy Mam yna?

Mi basiais y ffôn i Mam oedd yn gorwedd ar ei gwely.

Do! 'Dan ni 'di cyrraedd, Lisa!
Ma'r lle'n edrych yn lysh! Dwi'n licio'r lliwia gwyrdd a llwyd 'na. Sa'r lliwia yna'n edrych yn neis yn fy llofft i ...
Basa, Lisa. Be gawsoch chi i swpar?
Aeth Dad i nôl chips.
Chips! O'n i 'di gadael casarol i chi!
Gawson ni chips efo'r casarol.
O, wela i!
Ga i weld y lle chwech?
Iawn!

Cododd Mam oddi ar y gwely a mynd i ddangos y stafell molchi i Lisa. Y pan. Y gawod. Y sebon a'r poteli bach siampŵ. A sut oedd y tap yn gweithio. Wedyn, roedd hi isio gweld y tu mewn i'r oergell.

Dach chi mor lwcus! Sbia, Lloyd!

Sbiodd Mam a finna ar ein gilydd. Be oedd y sinach Lloyd 'na yn ei wneud yn tŷ ni adeg yna'r nos?

Cŵl, Lisa! Ydy BYT 'di cael y cash? Ydy o 'di cael top trenyrs i ni am ddim?

Rêl Lloyd. Digywilydd. Be oedd Lisa yn 'i weld yn y boi 'ma? Llais Lisa wedyn ...

Pryd dach chi'n mynd i'r lle adidas?
Fory 'dan ni'n mynd i fan'no. Ydy Dad yn iawn? Deud wrtho

fo bo ni 'di ffonio.
Iawn. Siarad fory! Ta-raaaaa-aa!
Ta-ra, Lisa.

Rhoddodd Mam fy ffôn yn ôl i mi a gorwedd ar y gwely eto.

"Mae'r Lloyd 'na mor ddigywilydd!" medda fi wrth Mam yn reit swta. "Dwi ddim am brynu dim byd i'r diawl."

"Paid â cymryd sylw ohono fo!" medda Mam. "Trio dy wylltio di mae o! Mae isio i ti ddangos dy fod di'n well na fo."

"Be oedd o'n wneud yn tŷ ni adeg yma o'r nos?"

"Dwn i'm wir," medda Mam. "Ond cofia, 'di ddim mor hwyr â be ti'n feddwl ydy hi. 'Dan ni awr ar y blaen iddyn nhw fan hyn."

Iesgob, do'n i ddim yn cofio am hynny. Dyma fi'n newid yr amser ar fy wats, a sbio ar fy ffôn ond roedd yr amser ar y ffôn wedi newid ar ei ben ei hun. Clyfar 'de!

Crempoga

Gawson ni frecwast a hanner ar fore'r diwrnod mawr. Roedd Carys yna'n disgwyl amdanon ni. Mr James a Gwendoline hefyd, bron wedi gorffen byta. Ond doedd dim golwg o Hari na Gari.

Y peth gora am y brecwast oedd y crempoga. Roedd 'na beiriant bach i chi eu gwneud nhw eich hunan. Mi ges i ddeg ohonyn nhw. Ro'n i eisiau byta un ar ddeg, yr un nifer ag sy 'na mewn tîm ffwtbol. Mi wnes i drio. Ond methu! Dwi'n synnu mod i wedi medru byta cymaint achos roedd 'na bilipalas ar drampolîn yn fy mol i'n gwneud bob math o fflips tin dros ben.

Daeth llais uchel dros y lle brecwast, llais rhywun wedi arfer gweiddi ar gi defaid yn y caeau.

"Pryd ni'n mynd 'te?"

Mi wnes i a phawb arall oedd yn y lle brecwast droi rownd yn sydyn i weld pwy oedd yn gweiddi. Roedd 'na lot o bobol yr Almaen yn y stafell fawr – achos yn yr Almaen oeddan ni, 'de! Roeddan nhw i gyd 'di troi i sbio'n syn dros eu sbectols lliwgar ffasiynol.

Hen ddyn bach efo cap stabl, yn cerdded efo ffon – dyna pwy oedd wedi gweiddi dros y lle. Roedd ganddo fo getyn yn ei geg.

"Pryd ni'n mynd 'te?" medda fo eto.

"Yn y funed," medda Carys. "Marce hanner awr 'di naw."

"Fi 'di anghofio'r baco lan stâr. Bydda i 'nôl nawr, dou funed. Peidiwch mynd hebdda i, y jiawled!"

Sbiodd pawb arno fo'n mynd yn gloff tuag at y lifft.

"Fydden ni ddim yn mentro mynd heboch chi, Mr Lewis," medda Carys.

"Fi 'di strempan wy ar fy nhei. Ma 'da fi un sbâr!"

Chwifiodd ei ffon a bron iawn iddo ei rhoi hi yn wyneb rhyw foi oedd ar ei ffordd drwy'r drws i mewn i'r gwesty. Tynnodd hwnnw ei ben yn ôl mewn braw.

Daeth Carys draw aton ni a gan fod yna le gwag i ista, gofynnodd i Mr James a Gwendoline ddod draw aton ni.

"Bore da!" medda Carys wrthon ni gyd. "Gobeithio bo chi gyd 'di ca'l noson dda o gwsg. Mr Lewis Lewis o Ffos-y-ffin yw e. Mae e'n dad-cu i Ceredig. Ceredig enillodd y rhif aur. Ma fe 'di dod â'i dad-cu 'dag e."

"Chwara teg iddo fo," medda Mam ond dwedodd neb arall ddim byd. Syllu o'i flaen roedd Mr James fel tasa fo'n edrych ar ryw long ymhell, bell, allan ar y môr. Chwara gêm ar ei ffôn roedd Gwendoline. Iesgob! Faswn i ddim wedi mwynhau ista efo'r ddau yna ar yr awyren. Doedd ganddyn nhw ddim byd i'w ddeud.

"Byddwn ni'n dal y trên i Erlangen i ddechre, ac wedyn yn dala'r bws i Herzo," medda Carys.

Deffrodd Mr James yn fwya sydyn a thynnu ei lygad oddi ar y llong bell, bell i ffwrdd yn ei feddwl. Wedyn, dyma fo'n deud fel hyn,

"Nid dyna ydy enw'r lle."

"Ie! Erlangen," medda Carys.

"Erlangen, ia," medda Mr James, "ond nid Herzo ydy enw'r lle arall."

"Nage?" medda Carys, yn edrych yn ddryslyd.

"Herzogenaurach ydy enw'r lle," medda Mr James.

"O, fi'n gweld," medda Carys, yn dechra dallt sut un oedd Mr James erbyn hyn. "Herzo mae pawb yn ddeud, chi'n gweld. Dy'n nhw ddim yn deud yr enw llawn."

Doedd Mr James ddim yn edrych yn hapus a medda fo,

"Dydw i ddim yn hoffi pobol yn byrhau enwau. Mae fel deud Llanfair Pi-Ji. Nid dyna ydy enw'r lle. Llanfairpwllgwyngyllgogerychwyrndrobwllllantysiliogogogoch ydy enw'r lle i fod!"

Roedd o'n edrych yn ddifrifol iawn. Un rhyfadd oedd y Mr James 'ma. Ddwedodd neb ddim byd am sbelan ac roedd Gwendoline yn edrych fel ei bod hi wedi clywad hyn i gyd o'r blaen. O'r nefi wen! Aeth Mr James yn ei flaen.

“Ac un arall ydy Dol. Dolgellau ydy’r enw iawn. A Betsi! Betws-y-coed ydy’r enw iawn, ynde! A be am Ponty ...”

Diolch byth! Daeth llais rhywun yn canu ‘Calon Lân’ o rywle i dorri ar draws Mr James. Mr Lewis Lewis oedd yno eto, wedi newid ei dei ac yn hercian yn ei flaen. Efo Mr Lewis roedd yna anferth o foi ifanc, yn gwisgo siaced sgwariog gwyn a glas. Pocedi mawr i ddal tŵls ganddo fo. Mae’n rhaid mai hwn oedd Ceredig. Roedd o’n hŷn na fi. Falle yn y chweched dosbarth neu newydd adael ysgol.

“Fi’n mynd mas tu fas i gael smoc fach,” medda Mr Lewis Lewis wrth Carys.

“A fi’n mynd i helpu’n hunan man hyn!” medda’r boi anferth a’i ddwylo fel rhawiau. “Fi wastad yn byta fel ceffyl ar holidêês, enwedig os yw e am ddim, yntife, Lewis Lad! Ha!”

Mae’n rhaid bod y boi Ceredig ’ma yn galw ei daid yn Lewis Lad! Sbiodd Mam a finna ar ein gilydd eto. Be ar y ddaear oedd y trip ’ma? Pwy oedd y bobol ’ma? Oeddan nhw’n dod o’r un wlad â ni? Neu gwestiwn gwell, oeddan nhw’n dod o’r un blaned â ni?

Roedd rhaid mynd hebddyn nhw

Arhoson ni tan hanner awr ’di naw yn union i adael y gwesty a cherdded draw i orsaf Nuremberg er mwyn dal y trên i Erlangen. Syllodd Mr James ar ei oriawr a chyfrif lawr o ddeg tan oedd 9.30 ar ei oriawr fawr ddigidol o, a chyhoeddi “Amser gadael!” Ro’n i’n gallu deud fod Carys yn teimlo’n annifyr ac isio aros am ryw bum munud arall, ond chwara teg, roedd hi wedi deud yn glir noson cynt ein bod ni'n mynd am hanner awr 'di naw.

Ond roedd problem. Doedd dim golwg o Hari a Gari. Roedd pawb arall yna – Mam a fi, Mr James a Gwendoline, Mr Lewis Lewis a'r mynydd mewn Redbacks o'r enw Ceredig. A Carys, siŵr iawn. Roedd yna ryw ferch arall i fod efo ni hefyd.

Ond ble roedd Hari a Gari? Aeth Carys at y ddesg unwaith eto i ofyn i'r ferch ffonio eu stafell nhw ond doedd neb yn ateb.

"'Di bod yn hel diod yn y bar 'na ma nhw," medda Mam. "A methu codi."

"Ond fasan nhw byth yn colli heddiw!" medda fi. "Heddiw 'dan ni'n mynd i weld y lle adidas 'ma! Faswn i byth yn colli heddiw!"

"Dwi'n gwbod yn iawn, 'ngwas i," medda Mam. "Ond ella bod yn well gan y rapsgaliwns yna yfad Carlsberg na chodi'n bora."

Dwn i'm pam, ond mi ofynnais i i Carys os oedd hi isio imi redag i fyny ... wel mynd yn y lifft ... i roi cnoc ar ddrws stafell Hari a Gari a deud wrthyn nhw ein bod ni ar fin gadael, ond mi ddwedodd Carys wrtha i am beidio. Roedd hi wedi bod ddwy waith ac roedd y bobol o'r tu ôl i'r ddesg wedi bod hefyd.

Doeddwn i wir ddim yn medru credu'r peth! Roeddan nhw'n mynd i golli'r trip ar ôl dod yr holl ffordd yma o Gymru i'r Almaen.

Cerddon ni, felly, yn un rhes hir yn y bore oer i'r orsaf. Roedd y bore'n brysur yn Nuremberg hefyd. Beics, trams, bysus a cheir VW a BMW a Mercedes ym mhob man. Gwerth ffortiwn. Roedd yr orsaf fel rhyw ganolfan siopa fawr a llefydd i fyta a siopa llyfra a siopa dillad yna. Mi welon ni arwydd AUSFAHRT arall, wnaeth imi chwerthin yn meddwl am y Flinty boys yn Munich.

"Ffordd hyn!" medda Carys a fyny ryw risia â ni i blatfform 7b lle roedd trên lot llai na'r un arall fuon ni arni, yn disgwyl amdanon ni. Roedd hon yn fwy tebyg i'r trenau sy gynnon ni 'nôl adra.

Ymbalfalodd Carys yn ei bag a rhoi tocyn i ni gyd i'w edrych ar ei ôl. Doeddwn i ddim yn dallt dim byd roedd o'n ddeud ar y tocyn. Dim ond y rhifa. Ond doedd y rhifa ddim yn meddwl dim byd imi chwaith.

Mi gawson ni i gyd le i ista a jyst pan oedd y trên ar fin cychwyn mi faglodd 'na ddau foi tal, tena, mewn tracsiwts i mewn drwy'r drysa, jyst mewn pryd. Dwy ên yn sticio allan a chapia pig ar eu penna. Baglon nhw mewn a chwympo'n un twmpath o freicha a choesa ar y llawr!

"*We made it*!" medda Gari.

"Whiw!" medda Hari, a chwerthin dros y lle.

Roeddan nhw ill dau allan o wynt yn lân ac yn actio'n reit rhyfadd. Mi sylwais i fod eu llygaid nhw'n gracia coch i gyd ac roedd 'na ogla diod arnyn nhw. Digon o *fumes* alcohol i feddwi pawb ar y trên.

"Iawn, Byti boi?" medda Gari wrtha i, ar ôl cael ei wynt ato. Wedyn sbiodd o ar Mam a deud "Lle 'dan ni'n mynd, Linda? I'r *Lifeboat station* ia? Ha ha ..."

Doeddwn i na Mam ddim yn dallt y jôc. Doedd 'na ddim môr yn agos i fan hyn. *Lifeboat* be? Be oedd o'n fwydro? Ond wedyn ... mi wnes i edrych ar Mam yn ei chôt felen, newydd!

Mi ddechreuodd y ddau siglo o ochr i ochr efo'i

gilydd a chanu rhyw gân oedd yn mynd fel hyn,

"Ian Rush! Ian Rush!
Wears a tash,
Got loads of cash
Ian! Ian Rush!"

Ond dyna pryd ddaeth hwyl Gari a Hari i ben. Daeth y ddynas tocynnau o rwla. Dynas fach fyrdew oedd hi efo wynab fel *bull terrier*. Basa hi'n gwneud prifathrawes dda mewn ysgol i blant drwg. Cyfarthodd hi ar y ddau mewn Almaeneg, ac yn union fel eu bod nhw'n dallt bob gair, mi stopiodd y ddau chwara'n wirion. Codon nhw oddi ar eu penolau a'i dilyn hi gan ista'n ddistaw yn y ddwy sedd yr oedd y ddynas yn pwyntio atyn nhw.

"Dyna ddangos i'r ddau yna pwy ydy'r bos!" medda Mam.

Aeth Carys atyn nhw wedyn, yn edrych yn reit flin. Doeddwn i ddim yn clywad llawer ond glywais i rwbath am yfad coffi du ar ôl i ni gyrraedd.

Fuodd 'na ddim mwy o ganu am Ian Rush wedyn na jôcs am yr RNLI. Rhyw hanner awr oedd y daith i Erlangen a dyma ni'n ista'n ddistaw yn gwylio'r wlad yn gwibio heibio yn ffenast y trên. Gwlad wastad, dawel, a dim anifeiliaid yn pori yn y caea.

Mi fihafiodd Gari a Hari yn well ar y bws bach i Herzogenaurach ac ista'n llonydd ac yn reit ddistaw. Roedd y ddau yn pendwmpian, yn cael traffarth aros yn effro. Roedd Ceredig Fawr yn edrych yn ddoniol yn ista'n dynn yn ei sedd efo'i daid wrth ei ochr. Syllu ar y llong bell, bell roedd Mr James, a Gwendoline yn edrych ar ei ffôn.

"Sbia!" medda Mam a phwyntio at rwbath drwy'r ffenast.

"Be?" medda fi

Doedd dim rhaid i Mam egluro dim. Mi welais i o'n syth drwy'r diferion glaw ar ffenast wlyb y bws.

Adeilad crwn llwyd, tebyg i stadiwm pêl-droed a thair streipan fawr wen i lawr ei ochr o. Roedd yna sgwennu anferth yn deud

THE BRAND WITH THE 3 STRIPES

Ia, yn Saesneg. Mi wnaeth fy nghalon i dechra curo go iawn rŵan. Mi gurodd hi'n gyflymach fyth pan wnaeth yr enw ar y sgrin ar flaen y bws newid i ddeud ...

Herzo Base Adi-Dassler – S

Wir wünschen ihnen gute Fahrt

Wel myn diawl! Roeddan ni wedi cyrraedd o'r diwedd. Diolch byth bod y Flinty boys heb weld y gair ola 'na. Fi oedd y cynta o'r bws. Ro'n i o flaen Carys ac roedd hi a Mam yn gweiddi arna i fel hyn i aros.

"Witsia funud! 'Rhosa am bawb arall!"

"Dala sownd nawr! 'Na ti!"

Mi welais i Ceredig yn gofyn i Carys a oedd y ddau efo'r coesau main yn rhan o'n criw ni. "Y ddou raca" wnaeth o eu galw nhw. Mi aeth o 'nôl mewn i'r bws ac mi wnes i ei weld o yn eu hysgwyd. Deffrodd y ddau wedi dychryn, a Hari yn trio dyrnu a chicio rhywun dychmygol achos ei fod o'n breuddwydio ei fod o mewn ffeit, ac wedi deffro'n sydyn.

"Waw!" medda Ceredig, a chodi'r ddau wrth goleri

eu tracsiwts a'u gwthio nhw i lawr grisia'r bws ar y palmant dan yr awyr lwyd.

"Diolch! *Danke*!" medda fo wrth yrrwr y bws, a phlygu ei ben er mwyn dod allan heb hitio'i ben ar do'r bws.

"Ni 'ma," medda Carys. "A fi'n gwbod bod pawb moyn mynd mewn i'r siop adidas, ond yn gynta, mae'n rhaid i ni fynd mewn i McDonald's. Ni'n cwrdd â'r enillydd arall fan'na ac mae rhai ohonon ni moyn coffi. Du!" Sbiodd yn reit gas ar Gari a Hari wrth ddeud y gair 'du'.

McDonald's? Coffi? Doeddwn i ddim isio mynd yn agos at yr un McDonald's! Ryw awr yn ôl, ro'n i newydd dorri fy record byta crempog ac roedd fy mol i'n llawn dop. A choffi? Coffi oedd y peth ola o'n i isio. Damia nhw!

Roedd y siop adidas fwya yn y byd jyst dros y ffordd yn fan'na a doeddwn i ddim yn cael mynd i mewn iddi. Ro'n i'n gorfod aros! Ysgyrnygais fy nannedd a chwyrnu fel ci Dyl pan mae 'na rywun 'di o ddim yn nabod yn dod yn agos at ddrws y ffrynt. Wedyn cau fy nghôt reit i'r top. Plethu fy mreichiau. A phwdu. Dyna be wnes i.

"Fyddwn ni ddim yn hir, 'sdi," medda Mam, yn trio gwneud imi deimlo'n well wrth i ni groesi'r ffordd i'r McDonald's newydd oedd reit wrth ymyl fy nefoedd i! Roedd croesi'r ffordd mor anodd. Roedd o fel bod mil o fagnets cryfaf y byd yn fy nhynnu i'r siop a finna'n trio mynd y ffordd arall.

Eisteddon ni i gyd yn y gornel wag ac aeth Gari a Ceredig at y sgrin i archebu rhwbath i'w fyta. Ar ôl taro golwg sydyn rownd y lle, mi aeth Carys yn ôl allan i ddisgwyl am yr enillydd ola. Steddais i a Mam i aros yn amyneddgar efo Mr Diddorol a'i ferch fwy diddorol, a Mr Lewis Lewis gyda'i ffon fugail a Hari yn hanner cysgu ac yn edrych fath â drychiolaeth.

Daeth Gari a Ceredig yn eu hola efo llond gwlad o fwyd a diodydd. Bois bach, weles i erioed neb yn byta gymaint o betha yn McDonald's. Be oedd yn waeth, aethon nhw i nôl mwy ar ôl cario'r hambwrdd cynta aton ni yn y gornal.

Roedd Mr Lewis Lewis yn edrych yn rhyfadd yn byta *triple cheeseburger* ac yn yfad Fanta. Ceredig yn sglaffio. Gari a Hari yn stwffio bob dim i mewn i'w cega, ar ras i orffen. Diolch byth bod yna rywun ar frys i fynd ...!

Agorodd drws McDonald's a daeth Carys i mewn, a rhyw ferch tua'r un oed â fi ond yn trio edrych yn hŷn, yn cerdded o'i blaen hi. Cerddodd hi'n syth aton ni yn ei Nike Vandalised newydd sbon efo Tropical Swoosh. Tracsiwt Nike wen oedd amdani hefyd. Deud y gwir, roedd hi'n edrych fel hysbyseb i Nike. Falle bod nhw'n talu iddi. Gwallt gola a chlustdlysau mawr fel cylchoedd. Mi wiglodd ei phen-ôl reit i'r gornel aton ni gyd, a dechra siarad efo'i dwylo ar ei chluniau.

"Haia, pawb! Tiffany i fi, Tiff os chi'n nabod fi ond so chi yn 'to. *Unlucky*! Fi'n dod o G'didd. Sori bo fi ddim 'da chi neithiwr. Berswadies i Dadi i gael hotel *upgrade*, chi'n gweld. *Shop till we drop* heddi, yntife," a wedyn chwarddodd hi ar be roedd hi newydd ei ddeud.

Mam oedd yr unig un oedd fel pe bai hi'n gwrando ar y Tiffany 'ma. Hon oedd y pumed enillydd. Roedden ni gyd yma rŵan, felly.

Edrychai Carys braidd yn chwithig ar ôl i Tiffany

gyrraedd, ac yn fwy chwithig fyth ar ôl i Tiffany ddeud fel hyn,

"Well i ti roi'r cardie i bawb nawr, Carys. Fi 'di cael fy un i'n barod. Mae e yn fy ffôn i 'da 'nghardie eraill i gyd," a throdd a thapio'i ffôn oedd ym mhoced din ei throwsus tracsiwt, ei hanner o'n sticio allan.

"Dyna o'n i am ei wneud, Tiffany!" medda Carys yn reit swta. Roedd o'n teimlo fel bod Tiffany yn dwyn y sioe braidd rŵan, a doedd Carys ddim yn hapus. Wedi'r cwbl, dwi'n siŵr fod Carys ddwywaith oed Tiffany.

"Gwendoline," medda Carys, "ti fydd yn cael y cerdyn cynta heddi. Mae gwerth mil o ewros arno fe, fel sydd ar un pawb arall! Bydd rhaid i chi ei wario fe 'ma heddi. Fedrwch chi ddim mynd ag e gartre 'da chi."

"Gawn ni ofyn am *cashback*?" holodd Gari dan chwerthin, a darna bach o fyrgyr yn tasgu o'i geg dros bob man. Roedd Mr Lewis Lewis yn hoffi'r jôc yna hefyd ac ysgydwodd ei gorff i gyd, a'i ben yn mynd yn ôl ac ymlaen.

"Ti'n gwbod beth yw'r ateb, Gari Flint!" medda Carys a gwneud llygaid athrawes arno a cheg gam. Wedyn aeth i'w bag i nôl cardia pawb. O'r diwedd! Roedd petha'n dechra symud. Diolch byth! Estynnodd amlenni bach gwyn efo logo adidas arnyn nhw.

"Felly, dyma ti Gwendoline, drycha ar ei ôl e nawr."

Rhoddodd Gwendoline ei llaw i'w gymryd o ond estynnodd Mr James ei law o'i blaen hi a chymryd yr amlen o law Carys. Wnaeth o ddim ei hagor hi, jyst ei rhoi hi ym mhoced gesail ei gôt. Iesgob, o'n i'n teimlo biti dros Gwendoline. Ddwedodd hi ddim byd, dim ond rhoi ei phen i lawr i sbio ar ei ffôn unwaith eto.

"A dyma ti, BYT, dy gerdyn di!"

Codais ar fy nhraed fel siot. "Diolch. Diolch yn fowr iawn, Carys."

"I'r FAW ma isie i ti ddiolch, gwboi!" medda Carys.

"Ceredig nesa – dyma ti." Mi estynnodd Ceredig ei law fawr fel rhaw i gymryd yr amlen ond mi fachodd Mr Lewis Lewis ei ffon fugail am ei fraich o jyst mewn pryd, a phlygu 'mlaen dros y bwrdd i gymryd yr amlen ei hun am hwyl. "Fi moyn tri pâr o bants newy' a chap stabl newy' 'fyd!"

"Wrth gwrs," medda Ceredig, "Wrth gwrs, mi gaiff Lewis Lad be bynnag ma fe moyn!"

"Hari sydd ar ôl 'te," medda Carys. "Dyma ti, Hari!"

Edrychodd Gari ar yr amlen yn llaw ei frawd ond ddwedodd o ddim byd. Roedd y ddau yn edrych yn well rŵan ar ôl cael 'chydig o fwyd yn eu bolia.

"Diolch, ta!" medda Gari a mynd 'nôl i sugno gweddill ei ddiod gan wneud sŵn slyrpian mawr dros y lle.

“Ti’n sugno fel llo bach, grwt!” medda Mr Lewis Lewis.

“Llo ydy o!” medda Gari, yn hitio Hari ar dop ei ben a gofyn i Carys, “Dim gobaith o *cashback*, nacoes? Oes gobaith newid nhw am *beertokens* ’te?”

“Nago’s!” medda Carys. “Chi’ch dou ’di cael digon o gwrw neithiwr, p’un bynnag. Mas drwy’r nos fel ’na!”

Gwenodd Gari a Hari wên lydan yn dangos eu bod nhw’n falch iawn ohonyn nhw eu hunain. Gwenon nhw fel dwy giât, yn union fel pe baen nhw wedi cael medal bob un am wneud rhwbath hollol arwrol.

Mi sylwais i fod Mr James wedi gwneud ei wyneb fel emoji blin ac roedd yn ysgwyd ei ben fel pe bai yn Wimbledon. Doedd o ddim yn hoffi clywed am anturiaethau’r ddau yna, ac wedyn aeth yn ôl i sbio ar y llong bell, bell yna eto ar y gorwel.

Mi wnes i arwydd ar Mam fy mod i’n mynd allan i aros am bawb. Mi ges i winc ’nôl ganddi fel tasa hi’n deud “Cer ’di, boi.”

“*Alright*, byt?” medda ryw foi main mewn siwt loncian Nike lwyd a threnyrs Air Jordan gwynion oedd yn edrych lot rhy fawr iddo fo. Do’n i erioed wedi’i weld o o’r blaen. Sut oedd o’n gwbod fy enw i? Smocio fel corn simdde oedd o tu allan i’r drws, a phan sathrodd ar yr un oedd o newydd ei gorffan mi wnaeth o danio un arall yn syth bin.

“Olrait thanciw!” medda finna, yn sbio arno fo rhag ofn fy mod i fod i’w nabod o. Agorais i’r amlen wedyn i gael y cerdyn bach du ac aur. Roedd o yn fy atgoffa i o’r hen feiro ddu ac aur adidas ges i erstalwm. Yr un gafodd ei dwyn yn ’rysgol.

Wel, mil o ewros. Roedd o werth o, doedd! Prynu'r sgarffia a'r hetia rheiny, sefyllian yn y glaw y tu allan i siop fetio William Hyll, gorfod nôl petha o'r bin! Oedd, roedd o i gyd werth o yn y diwadd.

"*Had your card, then*!" medda'r boi smocio. "*Tiffs had hers too, byt. Can't wait now, like*."

"*I want to go too*!" medda finna.

"*Wanna fag*?"

"Nothanciw."

"*Alright. They need to hurry up now, man!*"

Tynnodd yn galed ar ei smôc a chwythu'r mwg gwyn drwy ochr ei geg dros ei ysgwydd i'r gwynt. Tad Tiffany oedd hwn, felly! Lle oedd ei gôt o? Roedd yn edrych fel ei fod o jyst â rhynnu. Sathrodd ar ei sigarét a mynd i mewn i'r McDonald's fel tarw. Es i ar ei ôl o fel oen bach.

Roedd pawb tu mewn wedi codi ar eu traed ac yn rhoi eu cotia amdanyn nhw.

"*Let's go go go, Carys. Come on, boss*!" medda tad Tiffany. "*Me and byt are freezing our buts off outside waiting for you lot*."

"*We're coming now, Ron*," medda Carys. "Mr Lewis, cofiwch eich baco. Ma fe ar y sedd."

Cychwynnon ni'r daith ar draws y ffordd ac yn camu, gam wrth gam yn nes at baradwys. Y lle yr oeddwn i eisiau mynd iddo erioed. Daeth teithiau mawr eraill i fy meddwl. Moses yn arwain ei bobol ar draws y Môr Coch. Taith Roald Amundsen i begwn y de. Taith David Livingston ar draws cyfandir Affrica ...

Dilynon ni Carys ar draws y groesfan zebra a syth mewn i'r siop ffatri! Roedd y siop yn siâp crwn, ac roeddan nhw wedi gwneud i'r lle fod yn debyg i stadiwm chwaraeon. Seddau mewn stand i gefnogwyr ista. Siop a chaffi bach. Lle i brintio crysa. Ac yn y canol roedd yna risia mawr llydan yn troi i fyny i'r ail lawr. Iesgob, roedd yna sinema i blant bach yna hefyd, fel den o dan y grisia. Toiledau, loceri ... pob dim ... a dydw i ddim hyd yn oed wedi sôn am y trenyrs eto!

Lluniau ar y waliau. Gareth Bale, myn diawl! Sgidia'r greadigaeth. Pob lliw a llun. Pob math erioed a'r prisia'n rhatach na 'nôl adra hefyd. Silffoedd a silffoedd o sgidia babis a phlant bach. Sgidia Gazelles bob lliw dan yr haul. Doeddwn i heb weld y rhai du ac oren o'r blaen. Wedyn sgidia ffwtbol a sgidia rhedag a ... fydda i yma am byth yn disgrifio bob dim!

O'r top sbiais i lawr ar yr holl ddillad anhygoel yn y siop anferth 'ma. Gwerth ffortiwn. Doedd mil o ewros ddim yn llawer o'i gymharu efo faint oedd gwerth yr holl betha 'ma yn y siop. Roedd gwerth miliynau yma.

"Wel? Be ti'n feddwl ?" medda Mam, wedi dod i dorri ar draws fy meddylia i.

"Ma'r lle ma jyst yn ... jyst yn ... dwi'm yn gwbod be i'w ddeud ..."

"Anhygoel?" medda Mam.

"Ia," medda fi. "Hwnna ydy o – anhygoel!"

"Sut wyt ti am wario'r arian 'ma 'ta?" gofynnodd Mam.

"Wel, dwi'n meddwl 'mod i'n gwbod, 'sdi, Mam," medda fi.

"Sut 'lly? Dwsin o drenyrs, ia?"

"Naci, Mam," medda fi.

"Naci? Be 'ta?" medda Mam braidd yn syn.

"Wel, ydw, dwi am gael pâr o drenyrs, siŵr iawn, a dwy neu dair o grysa-T."

"Ryw gant neu ddau fydd hynny," medda Mam. "Be wnei di efo'r wyth can ewro arall sy gen ti ar y cerdyn?"

"Fydd hwnnw 'di mynd i gyd ar ôl i fi gael presant i chdi, Dad, Dyl, Ieu a Lisa, a rhwbath ar gyfer Bocs Sgorio Mr Roberts yn 'rysgol."

"Bocs be?"

"Bocs Sgorio! Bocs sgynnon ni yn 'rysgol i blant sy heb sgidia ffwtbol. Os oes gynnoch chi hen rai dach chi'n eu rhoi nhw'n hwnnw fel bod gan bawb sgidia wedyn."

"Ond ti ddim am roi sgidia newydd sbon yn hwnnw?"

"Yndw," medda fi, "os oes gen i bres ar ôl, 'de!"

"Wel chwara teg i ti," medda Mam. "Un da wyt ti, cofia!"

"Ond mi fydda i angan dy help di i'w cario nhw i gyd!"

"Dim problam!" medda Mam.

Gwneud syms

O'r ail lawr roeddan ni'n gallu sbio i lawr a gweld Gari a Hari yn dewis tracsiwts newydd. Roeddan nhw 'di deffro drwyddyn nhw ac yn symud yn reit sydyn rŵan. Roedd ganddyn nhw gapia newydd ar eu penna hefyd.

Roeddan ni'n gallu gweld Ceredig yn siarad efo pobol y lle printio a Mr Lewis Lewis yn y caffi yn cael panad. Roedd o'n ista ar ryw stôl uchal a doedd ei draed o ddim yn cyffwrdd y llawr. Golwg digon anghyfforddus oedd arno fo, a deud y gwir. Roedd ei ffon fugail yn hongian ar y bwrdd wrth ei ymyl.

Doeddan ni ddim yn medru gweld y merched yn unman. Mae'n rhaid eu bod nhw'n trio dillad newydd yn y stafelloedd newid mawr neis yna.

Rhestr siopa

Er mwyn gwario pob punt – wel, pob ewro – mi wnes i restr yn y Notebook ar fy ffôn. Dyma be oedd arni ac roedd pob dim yn dod yn agos at fil o ewros:

Fi – adidas Originals Hanball Spezial, du a choch. Hwdi Trefoil gwyrdd

Mam – Superstars gyda chalonnau a Trefoils wedi'u brodio (ei dewis hi)

Dad – Gazelles Night Cargo lliw brown tywyll

Lisa – Continental 80 Gwyn

Dyl – Gazelles Originals Handball Spezial lliw melyn gum 5

Lloyd – (Grrr! Ond roedd o 'di cael tocynnau i mi) adidas SL80 glas a choch

Lowri – (Er ein bod ni 'di gorffen, ro'n i dal yn ei hoffi 'chydig bach) Crys-T pinc

Bocs Mr Roberts – 10 pâr o sgidia ffwtbol, yn dechra efo maint 3 ac yn mynd fyny i faint 12. Digon i ffitio unrhyw un yn 'rysgol oedd heb sgidia i chwara

Mam (eto) dillad rhedeg a photel ddŵr gan ei bod hi am ddechra rhedeg, medda hi.

Doedd gynnon ni ddim llawer o ewros ar ôl rŵan ac erbyn i ni gael coffi mawr drwy laeth a chacen lemon bob un yn y caffi efo Mr Lewis Lewis, 'chydig *cents* oedd gynnon ni!

"Joban dda!" medda Mam. "Da iawn chdi!"

"Dwi heb anghofio neb, naddo?"

"Naddo," medda Mam yn sbio i lawr ar yr holl focsys a bagia oedd wrth ein traed ni. "Mae yna ddigon o betha fan'na i bawb yn dre!"

"Sut ydan ni'n mynd i fynd â phob dim 'nôl efo ni?"

"Dwn i'm, wir!" medda Mam. "Efo lot o draffarth!"

Yn eu tro, daeth pawb i lawr i'r caffi ata i a Mam a Mr Lewis Lewis. Gofynnodd pawb i ni edrych ar ôl eu bagia nhw cyn diflannu eto i grombil y siop fawr i nôl mwy o betha. A mwy. A mwy wedyn!

Diolch byth, roedd Carys wedi trefnu tacsi i fynd â ni'r holl ffordd 'nôl i Nuremberg. Roedd hi 'di dallt na fasa ni byth yn medru mynd ar y bws ac wedyn ar y trên i Erlangen efo'r holl focsys a'r holl fagia papur brown adidas 'ma.

Mi ddaeth y tacsi – bws mini Mercedes du.

"Mae'r tacsi am aros amdanon ni," medda Carys. "Rhowch eich bagiau i gyd yn y tacsi nawr. Bydd popeth yn saff ynddo fe tra byddwn ni yn mynd i weld prif swyddfa adidas yn y byd!"

Roedd y bws mini yn llawn dop o fagiau a bocsys sgidia a ballu. Roedd o'n edrych yn debyg i lorri Operation Christmas Child, ond bod y petha ynddo fo i gyd yn newydd sbon danlli, ac ogla cardbord a phlastig a lledr newydd ar bob dim. Ogla fel sydd pan fyddwch chi'n agor bocs newydd o drenyrs. Ogla sy'n aros efo chi am byth.

Roedd y gyrrwr yn edrych yn foi iawn, ac eto, roedd yn rhaid i ni ei drystio fo efo gwerth pum mil o ewros yn ei fws mini. Gwerth pum mil o betha i gyd efo'i gilydd, os oedd pawb wedi gwario'r holl bres.

"*I'll stop 'ere*," medda tad Tiffany wrth Carys. "*Look after the gear, like*!" a stwffiodd ffag arall i gornel ei geg.

"*Daddy, you're my hero*!" medda Tiffany yn actio'n ddramatig a phlethu ei dwy law ar ei chalon.

"Iawn 'te," medda Carys, "ma Ronald man hyn am sefyll 'da'r bws mini a drychyd ar ôl pethe pawb. Y gweddill 'noch chi, dilynwch fi ffor hyn ..."

Be oedd hyn i gyd yn feddwl oedd bod Ronald, y boi smocio, yn mynd i aros efo'r tacsi.

Arhoson ni i'r goleuadau newid lliw. Mae'n bwysig gwneud hynny yn yr Almaen achos mi gewch chi ffein am groesi'r ffordd heb i'r golau newid – wir yr! Roedden ni'n gwneud y congo eto ar draws y ffordd, pawb yn dilyn y ddafad efo'r mop o wallt coch ar y blaen. Fi a Mam oedd y cynta rŵan – roeddan ni reit tu ôl i Carys pan ddaru hi stopio wrth ymyl arwydd yn pwyntio at dri chyfeiriad gwahanol.

Adidas Stores oedd yn pwyntio at lle roeddan ni newydd fod, **Arena** oedd yn pwyntio at lle roeddan ni'n mynd, a **Half time** oedd yn pwyntio i'r cyfeiriad arall.

"Dyma'r adeiladau pwysicaf un," medda Carys. "Ond mae swyddfeydd anferth i'w cael ochr draw o'r enw Spikes."

Dilynodd fy llygaid y llwybr hir y tu ôl i Carys a be welwn ni yn y pellter oedd yr adeilad mwya anhygoel dwi erioed wedi'i weld. Roedd yn debyg i stadiwm pêl-droed gwyn ond roedd o'n hofran yn yr awyr. O'i flaen roedd yna lyn ac roedd yr adeilad yn cael ei adlewyrchu yn nŵr y llyn. Roedd o fel bod yna ddau adeilad yna.

"Waw!" medda Gari yn ei dracsiwt goch newydd sbon.

"Waw!" medda Hari yn ei dracsiwt werdd newydd sbon.

Roedd y ddau ohonyn nhw'n ddigon tal i'w weld o'n well na neb arall. Ond roedd Carys isio i ni edrych i lawr.

"Os edrychwch chi i lawr ar hyd y llwybr hyn," medda Carys, "mae olion troed pobol enwog i'w gweld 'ma yn y trionglau. Mae'r bobol hyn i gyd wedi bod yn gwisgo dillad adidas, wrth gwrs! Mae'r llwybr hyn yn arwain at y brif fynedfa."

Mi edrychon ni gyd ar y trionglau ar y llawr ac ar yr olion traed.

"Mae fe fel Hollywod Boulevard!" medda Tiffany. "Bydda i yna un dydd 'cos fi'n seren!"

Wnaeth neb ddeud dim byd ond mi wnaeth Carys ryw hanner gwenu.

Roedd yna olion traed rhai pobol doeddwn i ddim wedi clywed amdanyn nhw, rhai fel Tori Bowie – sprint, a Rod Laver – tennis, ond roedd yna lot fawr o rai ro'n i wedi clywed amdanyn nhw hefyd. Jonah Lomu – rygbi. Zinedine Zidane. Marcelo Vieira Da Silva Junior. Paul Pogba. Lionel Messi. Dafydd Beckham hefyd, a Haile Gebrselassie – marathon.

Roeddan nhw i gyd yna. Roedd fy nhraed i yn fy sgidia tua run maint â thraed rhai ohonyn nhw. Y peth oedd yn rhyfadd oedd eu bod nhw'n droednoeth. Roedd adidas wedi gwneud biliynau o bres yn gwerthu sgidia. Falla bod nhw'n trio deud na fasa'r bobol enwog yma wedi gallu gwneud dim byd yn droednoeth a bod yn rhaid iddyn nhw gael sgidia adidas i lwyddo fel hyn, a dod yn enwog drwy'r byd i gyd.

Adidas World of Sports ydy'r enw ar yr adeilada yma i gyd efo'i gilydd. Arena, Half Time, Laces a Spikes. Roeddan ni ar fin mynd i mewn drwy ddrysau mawr Arena. Waw! Y peth cynta sylwes i oedd y llawr. Roedd o'n deud 'Y brand gyda'r tair streipen' ym mhob iaith yn y byd, bron, a hynny yn eich arwain i mewn i'r cyntedd anferth.

Yn y cyntedd anferth roedd yna sgwennu mawr adidas gwyn yn ddigon mawr i chi eistedd y tu mewn i'r llythyren '**a**'. Ar y wal y tu ôl i'r llythrenna mawr 'ma roedd yna hen lun du a gwyn enfawr o Adi Dassler yn dal esgid bêl-droed yn ei ddwy law ac yn craffu arni'n ofalus. Roedd yr esgid ar ei phen i lawr ac roedd pedwar styd ar y blaen a dim ond un ar y cefn. Roedd y tair streipan ar yr esgid, siŵr iawn.

Y tu ôl i Adi Dassler roedd yna awyr las las ac adar bach yn canu ac wrth ei ochr roedd y rhif 70 mewn melyn. Dyna oedd oedran y cwmni adidas, felly, ac roeddan nhw wedi dathlu drwy adeiladu'r adeilad newydd anhygoel yma.

Roedd Mr Lewis Lewis wedi ffendio soffas lledr oren crand i ista arnyn nhw ac es ato am 'chydig i edrych ar y lluniau oedd ar y wal. Jesse Owens yn gwneud y naid hir. Wrth ei ochr roedd yn deud fel hyn yn Saesneg, 'Enillodd bedair medal aur yng ngemau Olympaidd yr haf yn 1936 yn gwisgo sgidiau Adi.'

Roedd yna fwy i'r stori yna, wrth gwrs. Dyn du o America oedd Jesse Owens, ynde, ac roedd Hitler a'r Natsïaid isio dangos mai pobol dal, gwallt golau, llygaid glas oedd y gorau am wneud pob dim. Yr hil Ariaidd. Mi wnaeth Jesse Owens sbwylio parti Hitler yn Berlin yn 1936, a dyna pam mae Hitler yn edrych mor flin yn yr hen glipiau fideo du a gwyn yna efo cerddoriaeth ddramatig ofnadwy.

Ar y wal hefyd mae llun mawr du a gwyn o Mohammed Ali yn edrych yn gryf ac yn nerthol. Mae o newydd roi KO i'w wrthwynebydd ac mae o'n edrych i lawr arno fo yn fflatnar ar y canfas. Mae yna gynddaredd yn ei lygaid – gair da Miss Elias Cymraeg 'di hwnnw, sy'n meddwl ei fod o'n edrych yn wyllt ofnadwy.

Y tu ôl i Mr Lewis Lewis roedd yna wal anferth ddigidol yn dangos athletwyr o bob math yn ennill bob tro ac yn gwisgo dillad adidas, wrth gwrs. Mi es i am dro wedyn i weld beth oedd y tu ôl i'r ffenestri gwydr yn y wal, lle roedd yna betha wedi'u goleuo mewn golau neon gwyn. Roedd o'n deud Futurecraft Loop. Parau o drenyrs oedd yna, yn edrych fel eu bod nhw mewn labordy a photiau bach o ddeunyddiau oedd wedi cael eu defnyddio i greu trenyrs y dyfodol. Roedd popeth yn wyn ac yn glinigol y tu ôl i'r gwydr tew.

Ar un ffenast, mewn ysgrifen goch, roedd y geiriau yma, yn crynhoi beth ydy prif neges adidas erbyn hyn. Fi sy wedi'i droi o i Gymraeg. A wnes i ddim defnyddio Google Translate ... wir yr!

Our future is not set. We started Futurecraft To imagine new realities for athletes and the world. To create new Solutions from The intersection of art, science, Technology and humanity. To focus on not what is Possible but what is necessary. To make the jump from where We are to what could be. To craft the future we want.	Dydy ein dyfodol ni heb gael ei gynllunio. Mi wnaethon ni ddechrau Futurecraft er mwyn dychmygu pethau newydd i athletwyr ac i'r byd. I greu atebion newydd drwy gelfyddyd, gwyddoniaeth technoleg a dynoliaeth. Er mwyn canolbwyntio, ddim ar be sy'n bosib ond ar be sydd ei angen. I wneud y naid o lle ydan ni i beth allai fod. I gynllunio'r dyfodol yr ydan ni isio.

Tynnais lun hwnna ar fy ffôn. Roedd o'n swnio fel rhyw gerdd do'n i ddim yn ei dallt yn y wers Saesneg. Neu fel ryw neges fawr gan Dr Martin Luther King neu'r arlywydd Kennedy oedd yn deud rhyw wirionedd mawr. Doeddwn i ddim yn deall y peth yn iawn ar y funud ond roeddwn yn meddwl y byddwn i'n dod i'w ddeall o ryw ddiwrnod. Mi wnaeth Mr James checio be o'n i 'di sgwennu a newid 'chydig bach.

Canodd larwm yn rhywle a thorri ar draws fy meddyliau. Gari a Hari oedd yna yn codi helynt, siŵr iawn, wedi trio mynd i rwla doeddan nhw ddim i fod i fynd iddo. Roedd y bobol diogelwch wedi rhuthro atyn nhw a gofyn am gael gweld eu pas nhw! 'Di gweld y caffi i'r gweithwyr roeddan nhw, ac yn meddwl cael diod fach yna, ma'n siŵr!

Yng nghanol yr adeilad roedd yna risia mawr crand oedd yn arwain at y swyddfeydd. Dywedodd rhywun bod cerdded i fyny'r grisia yna bob dydd drwy'r flwyddyn yn defnyddio cymaint o egni ag y byddech chi yn ei ddefnyddio i redeg Marathon.

Penderfynodd Carys ei bod hi'n amser i ni adael ac aethon ni gyd yn un rhes hir yn ôl am y bws mini. Mi gymeron ni luniau o'r ddelw o Adi Dassler oedd y tu allan i'r adeilad, a gesiwch be mae o'n wneud? Ia! Dal esgid yn ei law a sbio i ffwrdd fel petai o'n edrych ar ryw gêm bêl-droed yn y pellter. Esgid hen ffasiwn, a thop hen ffasiwn efo colar agored fel roeddan nhw'n gwisgo erstalwm sydd amdano. Esgid hen ffasiwn sy ganddo fo hefyd yn ei law.

Roedd Gari a Hari isio llun wrth ymyl Adi Dassler, a dyma'r ddau yn sefyll fel dau bolyn wrth y ddelw a rhoi eu ffonau i fi.

"C'mon Byti Boi!" medda nhw. Wedyn, dyma Gari yn rhoi ei gap ar ben Adi Dassler a dyma Hari yn rhoi can o gwrw o'i fag wrth geg Adi Dassler! Roedd o'n reit ddoniol tan i'r bobol diogelwch weld eu bod nhw'n amharchus a gweiddi arnon ni yn Almaeneg. Rhedodd y tri ohonon ni ar ôl pawb arall am y bws a chwerthin dros y lle! Diolch byth, welodd Mam na neb arall ni yn cael llond ceg achos roeddan nhw wedi mynd yn eu blaena.

'Nôl i'r bws mini Mercedes du

Smocio eto fel corn simdde wrth y bws roedd Ronald, tad Tiffany, ac roedd y gyrrwr wedi cychwyn yr injan ac yn edrych yn awyddus i fynd. Mi neidiodd Hari a Gari i mewn a gwthio eu ffordd drwy'r bagiau a'r bocsys reit i'r cefn.

Doedd yna ddim lle i neb arall yn y bws. Roedd o'n orlawn rŵan ac roedd yna olwg bryderus ar Carys oedd yn ista yn y ffrynt efo Tiffany. Daeth allan ac edrych drwy'r drws ochr. Mae'n rhaid bod Ceredig wedi mynd eto i'r siop fawr yn sydyn, achos pan ddaeth yn ôl o'r siop efo cit llawn wedi cael ei brintio i dîm pêl-droed Ffos-y-Ffin, a thracsiwt i bawb hefyd, mi sylweddolodd Carys fod y bws yn lot rhy fach. Doeddwn i prin yn gweld Mam na Mr Lewis Lewis na Mr James a Gwendoline yng nghanol yr holl betha!

"Chi'ch dou yn meindio mynd 'nôl ar y trên o Erlangen i Nuremberg?" gofynnodd Carys i Ceredig a fi.

"Does dim dewis 'da ni," medda Ceredig. "Drycha i ar ei ôl e," medda fo wrth Mam. "Welwn ni chi 'nôl yn yr hotel, Lewis Lad!" medda fo wrth ei daid.

Ro'n i'n meddwl y basa Mam yn poeni ond cododd ei bawd arna i drwy'r ffenast cyn i Ceredig roi ei fagiau i gyd yn y bws, a diflannodd Mam i rwla wedyn! Sleidiodd Ronald ddrws ochr y bws ar gau, poerodd ei ffag ar lawr a sefyll arni hi. Aeth Carys i mewn i'r ffrynt, ond be welais i wrth iddi ddringo'r grisia i mewn i'r bws oedd Ronald yn rhoi ryw slap fach ar ei phen-ôl hi cyn iddi ista i lawr. Rhyfadd, medda fi wrtha i fy hun. Tybad ydy Ronald a Carys yn adnabod ei gilydd?

Caredig ydy Ceredig

Roedd yn rhaid i fi a Ceredig gael bws yn ôl i Erlangen, ac roedd hi'n dywyll erbyn hyn a goleuadau Dolig ym mhob man. Roedd yna olwg wedi blino ar bawb yn y bws. Nos Wener oedd hi. Diwedd tymor hir ac amser i gael gwylia o'r gwaith o'r diwedd. Roedd yna rai fath â ninnau hefyd wedi bod yn ddigon lwcus i gael siopa yn y siop adidas fwya yn y byd.

Roedd Erlangen yn brysur ac ro'n i'n falch fod Ceredig efo fi yng nghanol yr holl bobol. Roedd yna lot fawr o gefnogwyr pêl-droed yn gwisgo lliwia coch a du o gwmpas y lle, yn grwpiau bach efo'i gilydd yn yfad poteli cwrw brown.

"Mae'n rhaid fod yna gêm fawr heno 'ma!" medda fi wrth Ceredig pan oeddan ni'n cerdded o'r lle bysus am yr orsaf drên.

"O's, gwboi," medda Ceredig. "Noson oer i sefyll mas tu fas 'fyd. Gobeithio bydd man i ni ishte ar y trên hyn."

"Ia wir," medda fi, i ddangos 'mod i wedi dallt yn iawn be oedd o wedi'i ddeud.

Oedd, roedd 'na gannoedd o bobol ar y platfform yn disgwyl y trên. Pobol newydd orffan yn y gwaith. Pobol 'di bod yn siopa Dolig. Pobol yn mynd i weld y gêm bêl-droed. Pawb isio mynd i Nuremberg.

Mi ddaeth y trên i'r eiliad. Roedd pob dim ar amser yn y wlad yma. Ond roedd Ceredig yn llygad ei le. Doedd yna ddim lle i droi ar y trên. Dim lle i ista a bron iawn dim lle i sefyll chwaith, yn enwedig pan dach chi mor fawr â Ceredig.

"Draw fan'co!" medda fo, ar ôl i'r trên gychwyn. "Dilyna fi, boi! Ma seddi gwag man 'co."

Mi ddilynais i Ceredig drwy'r bobol i gyd heb weld yn iawn i ble roeddan ni'n mynd. Pam fod yna seddi gwag? Pam doedd 'na neb yn ista arnyn nhw? Reit yn y pendraw roedd y seddi roedd Ceredig wedi'u gweld, ac roedd yna ryw foi a golwg beryg arno fo wedi gwasgu ei hun i'r gornel a'r tair sêt arall yn wag wrth ei ymyl o, am ryw reswm. Plonciodd Ceredig ei hun wrth ymyl y boi 'ma a phwyntio at y sedd gyferbyn imi ista.

Dew, ro'n i'n falch o gael ista!

Ond wnes i ddim teimlo'n falch yn hir. Mi edrychais i'n fwy manwl ar y dyn oedd yn ista gyferbyn â fi. Sgidia duon Jack Wolfskin. Jîns glas. Côt fawr sgwaria coch a du. Y cap du ar ei ben a chudynnau o wallt golau seimllyd i'w gweld o dan y cap.

Roedd bathodynnau ar y cap. Fedrwn i ddim credu'r peth. Bathodynnau Natsïaidd oedd y rhain, 'run fath â'r rhai oedd Miss 'di eu dangos i ni yn y gwersi hanes yn 'rysgol. Eryr mawr Natsïaidd. Adenydd ar led a'r llythyren N yn y canol. Swasticas. Lot o betha eraill doeddwn i ddim yn dallt. Roedd o'n drewi o faco a chwrw. Yn waeth na Gari a Hari ben bore! Triais beidio

edrych yn syth arno fo, dim ond edrych ar ei adlewyrchiad yn ffenast y trên gan fod tu allan yn dywyll fel cwt glo Nain erstalwm.

Ro'n i'n meddwl fod y boi yma'n edrych yn syth drwydda i. Cododd ei ben un waith a gwelais ei wyneb o dan y cap du. Ydach chi 'di gweld y Nazi drwg yn yr hen ffilm 'na, *Indiana Jones and the Raiders of the Lost Ark*? Wel, roedd y boi yma'n edrych yn union fel y Nazi drwg hwnnw. Roedd gen i ofn, roedd fy ngheg yn sych, roedd y swasticas yna'n fy nychryn. Oedd y boi yma wir yn dal i hoffi syniada Hitler o oes o'r blaen?

Lwcus bod Ceredig efo fi. Roedd o'n hapus braf ac yn chwibanu ryw gân roeddwn i'n trio cofio ei henw hi. 'Lleucu Llwyd' dwi'n meddwl. Ro'n i'n edrych ar y ddau ohonyn nhw'n ista wrth ei gilydd yn fan'na. Un yn Neo-Nazi blin a llawn syniada cas. Y llall yn ffermwr hapus yn chwibanu'n braf a'i ben yn llawn *telehandlers* a thîm pêl-droed y pentra lle roedd o'n byw. Dau mor wahanol, yn ista wrth ymyl ei gilydd ar y trên i Nuremberg.

Roedd yna gymaint o bobol yn yr orsaf ar ôl i ni gyrraedd roedd gen i ofn mynd ar goll. Mi wnes i afael yng ngwaelod côt Ceredig a gadael iddo fo fy nhynnu i drwy'r holl bobol oedd yn y lle. Roedd y boi Neo-Nazi ar y trên wedi fy nychryn i, a rŵan roedd gen i ofn y cannoedd o gefnogwyr pêl-droed oedd yn canu caneuon efo lleisia dwfn.

Doeddwn i'n dallt dim o be roeddan nhw'n ei ddeud, ond roeddan nhw mewn hwylia da ofnadwy ac yn llawn cyffro am y gêm ola cyn Dolig.

"Dere!" gwaeddodd Ceredig. "Fi moyn mynd o fan hyn, gwboi!"

Mi welon ni'r ffordd allan a diolch byth, mi aethon ni drwy'r drysa a chael llond ysgyfaint o awyr iach. Wel, awyr y nos yn Nuremberg, noson neu ddwy cyn y Dolig. Ceir, Tacsis. Beics. Trams. Bysus. Pobol ym mhob man.

"Wel y myn yffach," medda Ceredig wrth basio ryw dafarn. "Disgwl pwy sy fan 'co!"

"Be? Pwy sy na?"

"Pen mop a'r boi smoco 'na – Pwy yw e 'to?"

Mi sbeciais inna drwy'r ffenast i weld Carys a Ronald yn sbio i mewn i lygaid ei gilydd, a gwin coch gan y ddau ar y bwrdd o'u blaena nhw. Roedd yna ganhwyllau yna hefyd a gola cynnes. Roedd hi'n amlwg eu bod nhw'n fwy na ffrindia.

"Ma fe'n symud yn glou!" medda Ceredig. "Ers pryd ma fe 'di cwrdd â hi?"

Pawb 'di mynd i'r cae sgwâr

Erbyn i Ceredig a finna fynd 'nôl i'r gwesty doedd 'na ddim golwg o neb roeddan ni'n nabod. Roedd yna bobol yn llymeitian wrth y bar a rhyw blant bach ar eu traed yn hwyr yn chwara efo'r cyfrifiaduron yn y gornel. Daeth yna un boi chwys doman allan o'r *gym* a hitha bron yn hanner awr wedi deg o'r gloch y nos.

Ond doedd neb o'n criw ni o gwmpas.

"Uffach! Ma pawb 'di mynd am y ca' sgwâr," medda Ceredig.

"Cae sgwâr?" medda finna, yn methu dallt be roedd o'n feddwl.

"Gwely, gwboi!" medda Ceredig. "Wela i di fory. Nos da nawr."

"Nos dawch, Ceredig," medda finna wrth i'r ddau ohonon ni gerdded allan o'r lifft.

Ond galwodd Ceredig fi'n ôl. "Hei, BYT, ti'n meddwl fod Lewis Lad 'di mynd i glyban 'da Gari a Hari 'de?"

Chwarddodd dros y lle, a'i gorff mawr o'n ysgwyd i gyd. Ro'n i'n gallu dychmygu pobol yn flin iawn ac yn troi a throsi yn eu gwelyau gan fod yna gymaint o sŵn ar goridor y gwesty. Pobol yn ista fyny ac yn chwilio am eu sbectols lliw ffasiynol ar eu cypyrddau ochr gwely. Meddwl fod yna ddaeargryn! Doedd Ceredig yn poeni dim. Ffwrdd â fo a diflannu i mewn i'w stafell.

Roedd Mam yn falch o fy ngweld i, a phan agorodd y drws imi fynd i mewn roedd hi'n gwisgo ei dillad rhedeg newydd ac roedd yr holl fagia adidas wedi cael eu rhoi'n daclus ar y llawr yng nghornel bella'r stafell.

"Yli smart dwi!" medda hi.

"Rhedag cyn brecwast bore fory?" medda fi.

"Wel ia! Ddoi di efo fi?"

"Dim bora fory – dwi ar 'y 'ngwylia!"

"Awn ni pan 'dan ni 'nôl adra."

"Iawn, Mam," medda fi. "Be ydan ni'n wneud fory 'ta?"

"Wel, mi ddwedodd Carys ei bod hi'n dod yma erbyn 9 o'r gloch bora. Ma pawb yn cael gwneud be ma nhw isio fory. Siopa. Cerdded o gwmpas. Mae Mr James a Gwendoline yn mynd ar ryw fws i weld llefydd pwysig i'r Natsïaid."

"Iesgob!" medda fi. "Dylwn i fynd ar hwnna hefyd i mi gael deud wrth Miss yn 'rysgol 'mod i wedi gweld y llefydd."

"'Na fo 'ta!" medda Mam. "Mi gawn ni weld yn y bora

os oes yna le i un bach arall ar y *tour bus*!"

"Be? Ti ddim isio dod?"

"Nacdw! Dwi am fynd i siopa."

"Eto?"

"Ia, eto – i'r farchnad Dolig!" medda Mam yn chwerthin. "Er 'mod i wedi cael petha neis iawn heddiw ma, diolch i chdi ..."

BRRRRR ...

"Lisa eto, ma'n siŵr," medda fi, wrth estyn y ffôn o fy mhoced ... ond dim Lisa oedd 'na, Lowri oedd 'na. Tipyn bach o sioc, ond roedd well i fi ateb. Roedd hi'n gorwedd ar ei gwely, wedi gwneud ei gwallt yn ddel a dwi'n siŵr fod ganddi fêc yp rownd ei llygaid ...

Iawn, Lowri?
Yndw. Sut w't ti? Dach chi'n cael hwyl? Be ti 'di brynu? Pryd ti'n dod adra?
Yndan, iawn diolch. 'Dan ni 'di prynu lot o betha – sbia, ma nhw i gyd ar lawr yn fan'cw ...
Waw! Digon o betha i ti agor siop yn dre!
Oes!
Gest ti be oeddat tisio?
Do!
Oedd petha'n ddrud yna?
Rhwbath tebyg i adra 'sdi. 'Chydig bach rhatach ella!
Lwcus!
Oes yna blant ysgol 'run oed â ni efo chi?
Oes. Mae 'na fois o'r enw Hari a Ceredig sy'n dipyn hŷn na ni.
Oes yna ferched?
Oes.

Ydyn nhw'n lot hŷn hefyd?
Nac ydyn. Ma nhw tua 'run oed â ni ...
O, be ydy henwa nhw?
Gwendoline a Tiffany.
Enwa rhyfadd, 'de!
Ia!
Oes gen ti lunia ohonyn nhw?
Nacoes!
Gorfod mynd! Taraaa!
Hwyl ti, Lowri.

Lowri! Roedd hi 'di ffonio am ddau reswm. Y rheswm cynta oedd trio ffendio allan os o'n i 'di prynu rhwbath iddi hi. Yr ail reswm oedd gweld a oedd yna ferched 'run oed â fi ar y trip. Roedd hi'n genfigennus! Wel, doedd dim rhaid iddi boeni, achos er ein bod ni wedi gorffan ers misoedd rŵan, dwi wedi prynu presant bach iddi, yn do. Ac am Gwendoline a Tiffany ... wel, tydi Gwendoline ddim yn deud dim byd wrth neb, a Tiffany ... wel, a oes yna rywun ar wyneb y ddaear fasa'n ddigon da iddi hi? A hefyd, pwy sy'n gwisgo pob dim Nike pan ma nhw'n mynd ar drip adidas?

Fel 'sa tad Dyl yn ei ddeud, tipyn o 'gloman wirion' ydy'r Tiffany 'na!

"Nos dawch," medda Mam o'i gwely. "Hei, cer i llnau dy ddannadd a tynna'r gôt ysgol fawr 'na!"

"Oes raid?" medda finna.

"Oes! Wela i di'n bora. Tro'r hyrdi gyrdi teledu 'na i ffwrdd 'fyd. Dwi'n dallt dim ma nhw'n ddeud!" a dyma Mam yn troi ei chefn ac yn diffodd y gola bach uwch ei gwely.

Y diwrnod ola!

Dros frecwast mawr arall o grempoga ar y diwrnod ola mi wnes i wrando ar bawb yn deud be roeddan nhw am ei wneud. Wel, pawb ond Gari a Hari, oedd heb godi eto. Doedd Ceredig ddim yna chwaith gan ei fod o wedi mynd yn barod i weld rhyw ffatri *telehandlers* a 'di gadael Mr Lewis Lewis ar ôl yn y gwesty. Roedd o am fynd am dro at yr afon, medda fo, yn gwisgo ei gap adidas newydd. Doedd dim golwg o'r cap stabl.

Fe gawson ni 'chydig o syniada gan Carys, a oedd yn gwisgo ei chôt goch hi ei hun unwaith eto. Côt Ron roedd hi'n gwisgo diwrnod cynt – dyna pam ei fod o bron â rhewi drwy'r dydd.

Roedd hi'n reit amlwg nad oedd Mr James yn teimlo'n dda o gwbl. Edrychai'n fwy blin nag arfer hyd yn oed, ac mi redodd o ddwywaith i'r tŷ bach tra oedden ni'n byta brecwast. O diar! Roedd o'n edrych yn sâl hefyd, yn welw, a 'chydig o chwys ar ei dalcen o.

"Wedi byta rhwbeth oedd yn anghytuno efo fi ddoe. Yr hen McDonald's 'na, dwi'n ama!" medda fo, wrth lacio cwlwm y tei am ei wddw. Pwy ar y ddaear sy'n gwisgo crys a thei ar wylia? Pan ddaeth o yn ei ôl, i yfad mwy o ddŵr, mi ofynnodd i Mam be oedd hi am ei wneud heddiw. Doedd o ddim yn meddwl y gallai o adael y gwesty am yn hir iawn. Dwedodd Mam wrtho ei bod hi am gerddded i ganol y ddinas i'r farchnad Dolig.

"Dwi'n gweld," medda Mr James. "Tybed fyddech chi mor garedig â mynd â Gwendoline i'r lle twristiaid erbyn hanner awr 'di deg? 'Dan ni wedi cadw dau le ar y trip bws i weld safleoedd Hanesyddol y Natsïaid ond fedra i ddim ..."

"Iawn, siŵr!" medda Mam. "Awn ni'n reit handi ar ôl gorffan yr wya ar dost 'ma."

"Plis peidiwch â sôn am fwyd!" medda Mr James, a gwneud ei ffordd unwaith eto am y tŷ bach.

"Mae yna le ar y bws, felly!" medda Mam. "Ti am fynd efo Gwendoline?"

"Mi fasa Miss yn falch 'mod i 'di bod," medda fi. "Fydd o ddim yn hir, na fydd, Gwendoline?" gofynnais iddi hi.

"Dwi jyst am aros ar y bws," medda hi. "Dwi ddim yn mynd i fynd i ffwrdd o'r bws i weld petha, jyst sbio drwy'r ffenast."

Iesgob, llais fel yna oedd gan Gwendoline, felly. Llais fel ll'godan. Llais bach annwyl. Roedd hi yn gallu siarad – deud y gwir, roedd hi'n ciwt!

"Diolch i chi, Linda," medda Mr James, ar ôl dod yn ei ôl unwaith eto. "Mae Gwendoline yn astudio Hanes TGAU, dach chi'n gweld ac mae o'n gyfle iddi weld rhai o'r lleoedd 'ma. Mae opsiwn i fynd oddi ar y bws a 'nôl 'mlaen wedyn ond mae'n well iddi aros ar y bws, dwi'n credu."

"Ydy'n iawn imi fynd hefyd, plis?" medda fi wrth Mr James. "Dwi'n gwneud Hanes yn 'rysgol hefyd."

"Wel, ardderchog," medda Mr James. "Dyma'r ddau docyn i chi ... O na! Ma'n rhaid imi fynd i'r siop *chemist* dros y ffordd ... Mae Hanz yn deud ei bod hi'n agor am 10 ... cymrwch ofal. Gwendoline, paid â siarad efo neb diarth ... côt ... menyg ... cap ... ffôn ... Blincin McDonald's! Sothach i stumog Cymro!" a ffwrdd â fo yn fân ac yn fuan, yn edrych fel ei fod o wedi gwneud yn ei drowsus.

"Mi awn ni 'ta," medda Mam. "Dowch o 'na, mi

ffindiwn ni'r lle 'ma. Yn y canol mae o, siŵr 'de. Rhowch eich cotia amdanoch!"

"Ia," medda Gwendoline. "'Di o ddim yn bell o'r castell," medda hi yn dangos efo'i bys ar y map ar ei ffôn.

Gwers hanes?

Dybl decar mawr melyn oedd y bws efo sgwennu drosto fo i gyd.

"*Deutsch*?" gofynnodd y gyrrwr wrthon ni.

"No," medda fi.

"*Français*?"

"No!" medda fi. "Wales."

"A-ha, *Willkommen*!" medda'r gyrrwr, a rhoi pâr mawr o betha clustiau bob un i ni.

Dilynais Gwendoline i fyny'r grisia ac ista yn agos at y cefn. Roedd hi'n braf y tu allan a'r haul yn ein dallu ni drwy'r ffenast.

Rhoddon ni'r petha clustiau am ein penna ac wedyn gwenu ar ein gilydd. Roeddan ni'n dau yn edrych yn reit rhyfadd gan eu bod nhw mor fawr a thrwm. Roedd y llais yn graclyd i ddechra, yn deud croeso wrthon ni ar y bws a ballu, ac yn mynd i siarad yn sydyn am hanes yr hen dre a'i bod hi wedi cael ei chodi ar fryn ac wrth afon, a phetha felly.

Cawson ni olwg dda o dop y bws wrth i'r gyrrwr wau drwy'r strydoedd culion. Roedden ni'n gweld hen, hen adeilada pren un munud ac wedyn roedd yna rai newydd reit wrth eu hymyl nhw. Y rheswm am hynny oedd bod y lle wedi cael ei fomio mor ddrwg yn ystod yr Ail Ryfel Byd a bod y lle wedi cael ei ailadeiladu. Os oedd 10% o flaen yr adeilad yn dal yna ar ôl y bomio, yna byddan nhw'n ei drwsio fo. Os nad oedd 10% ar ôl, byddan nhw'n ei chwalu ac yn codi adeilad newydd sbon. Rhwbath i'w ddeud wrth Miss 'nôl yn 'rysgol!

Mi soniodd y llais craclyd wedyn am y gwesty lle roedd Hitler yn aros. Pwyntiodd Gwendoline ato i mi gael ei weld yn iawn drwy'r ffenast. Y *Deutscher Hof* oedd ei enw, ar gornel stryd wrth yr afon. Aeth yna ias i lawr fy nghefn wrth feddwl bod Hitler wedi cerdded i mewn drwy'r drws yna a bod ei wynab mwstásh o wedi edrych allan drwy un o'r ffenestri 'na dros yr afon.

Aeth yna fwy o ias wrth i ni basio'r llys. Fan'na oedd y Nuremberg treials wedi bod ar ôl y rhyfel. Fan'na roedd mêts gora Hitler wedi'u cael yn euog a chael eu cosbi. Goering. Hess. Dynion drwg iawn. Mi welson ni'r carchar y tu ôl i'r llys ac wedyn y lle cafodd y rhan fwya ohonyn nhw eu crogi.

Wrth basio fan'no, mi wnaeth Gwendoline rwbath do'n i ddim wedi disgwyl iddi wneud. Mi afaelodd yn fy llaw – do wir! Jyst gafael yn fy llaw a sbio allan drwy'r ffenast a chario 'mlaen i wrando drwy'r petha clustiau. Gafaelais inna yn ei llaw hi hefyd. Pam ei bod hi'n gafael yn fy llaw i? Achos bod ganddi ofn yr holl sôn am y petha ofnadwy 'ma oedd wedi digwydd? Achos ei bod hi'n fy hoffi i? Rhyfadd 'de.

Pan ddaethon ni at safle ralïau Zeppelin y Natsïaid roedd Gwendoline yn dal fy llaw yn dynnach fyth, ac roedd hi'n ista'n nes ata i erbyn hyn hefyd. Ro'n i'n gallu teimlo gwres ei chorff hi yn erbyn ochr dde fy nghorff i. Fy mraich, fy nghoes. Yr holl ffordd i lawr. Roedd o'n deimlad braf. Ro'n i'n methu â pheidio meddwl am hynny, ond ro'n i'n trio canolbwyntio ar yr un pryd ar be oedd y llais yn y petha clustia yn ei ddeud wrtha i am lle roedd y bws mawr melyn yn mynd â ni.

Roedd hyn yn anodd iawn! Ro'n i isio dysgu rhwbath ar ôl i Mr James dalu 25 ewro am y tocyn a'i roi o imi am ddim. Ac roedd Miss yn y gwersi Hanes wedi sôn am yr union lefydd yma.

Tyd yn dy flaen, BYT, medda fi wrtha i fy hun, canolbwyntia! Roedd safle'r ralïau Zeppelin y tu allan i ganol Nuremberg er mwyn cael lle i bobol gasglu a gwrando ar areithiau Hitler. Roedd y llais yn fy nghlust yn deud bod 700,000 o'r Hitler Youth wedi cwrdd yma. Nhw oedd y bobol ifanc oedd yn cefnogi Hitler, 'de ac yn gwneud bob math o chwaraeon a mynd i wersylla a ballu. Martsio mewn iwnifform a gwisgo swasticas coch. Gorfod gwneud roeddan nhw, ma'n siŵr.

Iesgob, tybed a oedd Adi Dassler yn gwneud rhwbath efo'r Hitler Youth? Mi fyddai o yn oedolyn yn y blynyddoedd cyn y rhyfel. Roedd o'n licio chwaraeon. Roedd ganddo fo glybiau chwaraeon. Tybed fuodd o'n cynnal clybiau chwaraeon i'r Nazi Youth? Falle ei fod o wedi cael ei orfodi i wneud hynny gan y Gestapo.

Petha rhyfadd fel yna oedd yn mynd drwy fy meddwl i pan drodd Gwendoline ata i a sbio i fyw fy llygaid i. Ro'n i'n trio edrych tros ei hysgwydd ar y safle mawr concrid a'r tyllau yn y waliau lle roedden nhw'n rhoi polion y fflagiau mawr coch a gwyn a du. Ac yn fan'na ... yn fan'na ... Ro'n i'n cael fy nhynnu i edrych yn ôl i lygaid Gwendoline hefyd ... ond yn fan'na, reit wrth ei chlust dde hi roedd y safle lle roedd Hitler yn siarad efo'r holl bobol 'ma erstalwm ...

O Mam bach! Wrth i'r bws mawr melyn droi reit rownd, mi ges i fy symud yn fy mlaen, ac mi symudodd Gwendoline tuag ata i a dyna pryd y cyffyrddodd ein trwyna ni ac wedyn ein gwefusa ei gilydd. Sws fach i ddechra, wedyn sws fwy ac wedyn sws hiiiiiiir!

Roedd y llais yn fy nghlustiau yn dal i fynd yn ei flaen ond roedd o'n swnio'n bell, bell i ffwrdd rŵan ... roedd o'n deud rhwbath am y lle 11 km sgwâr a bod chwe rali fawr wedi cael eu cynnal yno rhwng 1933 a 1938. Yn y ffilmiau propaganada *Triumph of the Will* a *The Victory of Faith* mae Hitler yn areithio yn fan'ma ...

Stopion ni gusanu am eiliad i gael ein gwynt aton. Bron fel rhoi eich pen uwch ben y dŵr yn y pwll nofio i anadlu eto! Wedyn, dechreuon ni gusanu eto. Am yn hir.

Stopion ni gusanu ac ista yn ôl fel roedden ni cynt, a jyst dal llaw. Mi glywais i'r llais yn fy nglustia yn deud wrthon ni am edrych i'r chwith lle roedd pencadlys y

Gestapo yn arfer bod. Clamp o adeilad coch a gwyn yn edrych fel swyddfa heddlu enfawr. Lle na fasech chi byth bythoedd isio mynd i mewn iddo fo.

Wedyn, roedden ni'n pasio mynwent. Mynwent Iddewig. Roeddan ni'n gallu gweld beddau efo symbolau seren Dafydd arnyn nhw ond sylwon ni hefyd fod yna gamerâu diogelwch yn edrych i lawr ar y fynwent. Cyn imi bwyntio atyn nhw i Gwendoline gael gweld, dyma'r llais yn ein clustia yn deud fod yna gamerâu diogelwch yn gwylio'r lle 24 awr y dydd rhag ofn i rywun ddifrodi'r lle neu sgwennu graffiti neu rwbath felly. Meddyliais i am y Neo-Nazi 'na ar y trên a daeth ias i lawr fy nghefn i wrth i luniau ohono fo ddod yn ôl i fy meddwl.

Trodd Gwendoline ata i eto. A dyma ni'n cusanu eto. A gwenu. Wedyn roeddan ni'n pasio'r adeilad mwya un, y *Kongresshalle*, a oedd i fod i ddal 50,000 o bobol, ond doedd hwn heb orffen cael ei adeiladu. Bobol bach roedd gan y Natsïaid syniadau mawr! 70 metr o uchder a tho gwydr arno fo. Y lle yna, y *Kongresshalle*, oedd yr adeilad mwya a gododd Hitler sy'n dal i sefyll ar ei draed heddiw, ac wrth i'r bws droi i fynd â ni 'nôl am ganol y ddinas gallwn i weld silwét yr adeilad anferth yma dros ysgwydd Gwendoline.

Wrth i ni nesáu yn ôl at y swyddfa dwristiaid, doedd Gwendoline ddim yn ista mor agos ata i. Jyst cyn cyrraedd wnaeth hi ollwng fy llaw. Roedd hi'n dechra actio'n wahanol rŵan, yn debyg i fel roedd hi cynt. Paratoi yr oedd hi, siŵr iawn, at weld ei thad unwaith eto. Doeddwn i ddim isio iddi ddal fy llaw o flaen Mam chwaith, ond doeddwn i ddim yn disgwyl iddi newid mor sydyn â hyn yn ôl i fel roedd hi o'r blaen.

"Ti'n iawn?" medda fi wrthi.

"Ti?" holodd hi.

"Yndw."

Crynodd y ffôn yn fy mhoced. Roedd o wedi bod yn crynu cynt ond doeddwn i heb gymryd unrhyw sylw ohono fo. Roedd gen i dair galwad doeddwn i heb eu hateb ar fy ffôn. Mam, wrth gwrs, yn trio cael gwbod lle roedden ni. Jyst cyn i'r bws stopio, gafaelodd Gwendoline yn fy llaw eto. A gwenu.

"Plis paid â deud dim byd wrth neb," medda hi.

"Wna i ddim!" medda fi, ond yn ddistaw bach doeddwn i methu disgwyl i gael deud wrth Dyl ac wrth Ieu yn ôl yn 'rysgol.

"Diolch," medda hi.

Aeth y ddau ohonon ni lawr grisia'r bws. Roedd yna rai pobol eraill arno fo hefyd ond doeddwn i heb sylwi dim arnyn nhw, rywsut, yr holl amser roeddan ni wedi bod ar y daith. Roedd yna betha eraill wedi bod ar fy meddwl i, yn doedd!

"*Danke*!" medda fi wrth y gyrrwr, yn rêl boi, ond wnaeth o ddim deud dim byd ond gwenu fel giât a rhoi ryw winc rhyfadd arna i fel tasa fo'n deud "wnest ti ddim dysgu lot am hanes heddiw, yn naddo? Paid â poeni, ddeuda i ddim wrth neb!"

Y tu allan i'r swyddfa dwristiaid roedd Mam yn sefyll yn ei chôt felen yn disgwyl amdanon ni. Roedd mwy o fagia siopa o gwmpas ei thraed a rhyw addurniada a phetha Nadolig yn sticio allan ohonyn nhw.

"Diolch byth bo' chi 'nôl! Oedd o'n werth mynd?"

"Oedd wir!" medda Gwendoline, yn sbio i lawr ar ei Superstars.

"Oedd wir!" medda finna 'run fath.

"Ddysgoch chi lot am adeg rhyfel a ballu, dwi'n siŵr ..." medda Mam yn disgwyl i ni ddeud mwy.

"Do!" medda fi a Gwendoline – yr un pryd.

"Gradd 'A seren' yn Hanes – *in the bag!*" medda Mam gan chwerthin.

Mi wnaeth hynny i fi feddwl mwy am ysgol ac am y gwaith dal i fyny fyddai gen i ar ôl cyrraedd adra.

Dwi'n siŵr fod Mam wedi sylwi ar ryw wên gam ar fy wynab i achos mi wnaeth hi edrych arna i mewn rhyw ffordd ryfedd. Mae mamau yn sylwi ar bob dim, yn tydyn nhw!

"Ga i weld y llunia gen ti ar ôl ni fynd 'nôl," medda hi.

Lluniau? O damia, dim ond un llun oedd gen i! Y llun o westy Hitler. Hwnna wnes i dynnu cyn i Gwendoline afael yn fy llaw. Be ddiawl oeddwn i'n mynd i'w ddeud wrth Mam rŵan?

Pizza a Peroni

Roedd Carys wedi gofyn i bawb gyfarfod wrth dderbynfa'r gwesty am saith o'r gloch, ac am unwaith, roedd pawb yno mewn pryd.

"Ni gyd am fynd mas i gael pizza," medda hi. "Mae lle pizza hyfryd rownd y cornel. Giovannis. Trueni, ond ma'n amser ni yn Nuremberg bron bennu ..."

"*Bron ar ben* mae hi'n feddwl," medda fi wrth Mam yn ddistaw bach er mwyn iddi hi ddallt.

"Ia. Gwbod!" medda hi.

"Sa i moyn ryw grystyn 'da caws arno fe!" medda Mr Lewis Lewis wrth Carys.

"Peidiwch poeni, Mr Lewis," medda hi. "Gewch chi stecen os chi moyn."

"*Welsh Black*, gobeithio!" medda Mr Lewis Lewis, a ffwrdd â ni yn un rhes hir i Giovannis, lle roedd Tiffany a Ron yn ista wrth glamp o fwrdd mawr crwn yn y gornel. Bwrdd digon mawr i bawb ista o'i amgylch. Roedd y sêt ledr coch yn feddal neis.

Mi ges i ista efo Ceredig un ochr i fi a Mr James yr ochr arall. Mi wnaeth un sglaffio ei Mega-pizza Hawaiian a galwyn o Goca-Cola ac mi wnaeth y llall bigo ryw 'chydig ar ei fara garlleg a'i ddŵr lemon. Gewch chi feddwl pwy oedd yn gwneud beth.

Doeddwn i ddim yn gallu gweld Gwendoline yn iawn achos roedd hi ar y dde imi, rhwng Mr James a Gari Fflint. Roedd Hari a Gari yn dal i wisgo eu tracsiwts newydd ac yn meddwl eu bod nhw'n edrych yn swper cŵl, Gari yn ei goch a Hari yn ei wyrdd. Doedd Mam heb dynnu ei chôt eto ac roedd hi'n ista rhwng Hari a Tiffany, ochr bella. A dyna pryd y dwedodd Mr Lewis Lewis ei jôc am y goleuada traffig.

"Chi'ch tri fel set o *traffic lights*, myn uffach i!" medda fo wrth Gari a Hari a Mam.

Roedd Ceredig a Mam a Carys yn chwerthin ond Gari a Hari yn rhyw wenu 'chydig cyn cymryd llwnc go dda o'r Peroni o'r gwydr tal o'u blaena nhw.

"Da rŵan, Taid!" medda Gari. "Fi ydy'r coch! A gewch chi stopio yn fan'na neu gewch chi *Chinese Twist*!"

"Ie!" medda Ceredig. "Well chi stopyd fan'na, Lewis Lad."

Dros fy Hawaiian mawr mi ges i hanes y ffatri *telehandlers* gan Ceredig a gweld llwyth o luniau o'r gwahanol rai sydd i'w cael. Roedd o am drio perswadio ei dad i fewnforio rhai o fan hyn, medda fo, a falle dechra busnes yn eu gwerthu. Ond roedd o am weld sut byddai pethe ar ôl Brexit a ballu.

Roedd sgwrs Mr James yn troi o gwmpas ei stumog, y daith rownd safleoedd y Natsïaid yr oedd o wedi'i cholli, a phentref Herzogenaurach. Ro'n i bron â mynd yn goch i gyd pan holodd fi am y daith ar y bws.

"Roedd Gwendoline wedi mwynhau!" medda fo. "A beth amdanat ti?"

"Do diolch, Mr James," medda fi. "Roedd o'n ... addysgiadol iawn!" A dyma fi'n canmol fy hun am feddwl am air da fel yna. "Ond mi wnes i fwynhau ddoe hefyd!" medda fi, er mwyn newid y pwnc.

"Wel, a finna fachgen," medda Mr James, "a heddiw rydw i wedi cael cyfle i ddarllen mwy am y lle y buon ni ynddo fo, a wyddost ti fod ..."

Mi aeth Mr James ymlaen ac ymlaen ac ymlaen. Mi ges i wers hanes tra o'n i'n byta fy mynydd o *profiteroles*.

Soniodd Mr James am dri brawd, Rudolf Dassler, Adi Dassler a Fritz Dassler a'u chwaer o'r enw Marie Dassler. Roedden nhw'n deulu dosbarth gweithiol, ddim yn dlawd, ond ddim yn gyfoethog o bell ffordd. Roedd Adi wedi dechra dysgu gwneud bara – pobydd oedd ei deulu am iddo fod, ond doedd ganddo fo ddim diddordeb yn y peth. Roedd yn well ganddo fo wneud sgidia yng nghwt golchi ei fam.

Mi ffraeodd o efo'i frawd, falle am fod ei frawd Rudolf wedi gorfod mynd i ymladd ar ffrynt Rwsia tra oedd Adi wedi bod yn gweithio mewn ffatri fomiau yn ystod yr Ail Ryfel Byd. Ond maen nhw'n deud 'na wnaeth y ddau fyth siarad wedyn.

Roedd Mr James wedi troi'n Mr Wikipedia.

Yn ôl un stori, roedd Rudolf a'i wraig a'i blant yn llechu yn y *bomb shelter* pan ddwedodd Adi, oedd yno gyda'i wraig, "Mae'r diawliaid yn dod eto". Sôn yr oedd o am awyrennau Prydain yn dod i fomio ac nid am Rudolf a'i deulu. Roedd Rudolf yn meddwl bod Adi yn sôn amdano fo a'i deulu. Wps!

Roedd Mr James wrth ei fodd yn mynd drwy ei betha, ac yn stopio bob hyn a hyn i wthio ei sbectol yn ôl i fyny i dop ei drwyn. Roedd o'n sbio i fyw fy llygad i wrth siarad, felly doeddwn i ddim yn gallu peidio gwrando arno fo, dim ond dal ati i nodio fy mhen i ddangos 'mod i'n dal i ddilyn be oedd o'n deud.

"Yn y pentre 'na lle fuon ni ddoe, Herzogenaurach, mi gododd y ddau frawd ffatri bob ochr i'r afon. Roedd y lle wedi'i rannu'n ddau. Rhai pobol yn gweithio i adidas a'r lleill yn gweithio i Puma. Ruda oedd enw cynta Puma, 'sdi."

Ro'n i'n dal i gladdu fy mhwdin ac yn gorfod gwrando ar yr un pryd.

"Roedd y pentre wedi cael ei hollti'n ddau ac yn cael ei alw'n 'bentre sbio i lawr' achos fod pawb yn sbio ar sgidia ei gilydd ac wedyn naill ai'n deud helô neu yn anwybyddu ei gilydd."

"Iesgob!" medda fi.

"Mae yna ddau dîm pêl droed yn y pentre, ASV Herzogenaurach a FC Herzogenaurach. Ma Puma yn noddi un ac adidas yn noddi'r llall."

Stopiodd Mr James yn sydyn i gymryd cegiad o'i ddŵr lemon ac wedyn dal ati eto.

"Mi aeth Puma allan o ddwylo'r teulu yn yr 1980au ac mi aeth adidas o ddwylo'r teulu hefyd yn 1990. Buodd farw Rudolf yn 1974 ac Adolf yn 1978. Cafon nhw eu claddu yn yr un fynwent â'i gilydd ond mor bell â phosib oddi wrth ei gilydd, meddan nhw. Trist, ynde."

"Trist iawn ... *very sad*!" medda Ceredig, oedd wedi bod yn gwrando'n astud ar wers hanes Mr James.

"Pwy sy'n dod i'r clwb nos?" medda Gari'n sydyn.

"Ie!" medda Hari. "Pwy sy'n dod i'r clwb?"

"Chi'n gorfod talu i fynd mewn 'na?" holodd Mr Lewis Lewis.

"Nachdach!" medda Gari. "Mae heno am ddim achos bod hi bron yn Ddolig."

"Am ddim, Taid," medda Hari. "Naethon ni ofyn ddoe!"

"Pawb i'r clwb 'te!" medda Mr Lewis Lewis a chodi ei ffon fugail i'r awyr fel petai'n arwain y ffordd ac yn gwbod yn iawn i lle roedd o'n mynd.

Cuddio tu ôl i'r cyrtans

Ges i sioc fy mod i wedi cael mynd i mewn i'r clwb. Mi wnaeth Gari a Hari fy rhoi i sefyll rhwng y ddau ohonyn nhw fel bod y boi ar y drws ddim yn fy ngweld i, rywsut. *Die Bombe* oedd enw'r clwb. Iesgob, roedd hi'n swnllyd yna! Doeddwn i ddim yn clywad dim byd oedd neb yn ei ddeud. Ro'n i'n clywad y miwsig yn fy mol, roedd o mor uchal.

Roedd y lle yn llawn dop a phobol yn dawnsio'n wyllt. Pawb wrth eu bodda ac un gân ar ôl y llall yn mynd bâm bâm bâm bâm bâm ... Roedd Gari a Hari wedi dod yn fyw. Aethon nhw'n syth i'r lle dawnsio ar ôl rhoi clec i'w diod a gwneud rhyw ddawns Peter Crouch – dawnsio fel dau robot tal, tena.

Roedd y bobol eraill wedi gwneud cylch o'u cwmpas nhw a'r ddau yn eu tracsiwts newydd yn dal ati i wneud siapia rhyfadd efo'u breichiau a'u dwylo, troi eu capia rownd yr un pryd, ac wedyn yn ôl y ffordd arall. Roedd ganddyn nhw rwtîn a hanner, a phawb yn clapio ac yn gweiddi nerth eu penna o'u cwmpas nhw.

Daeth Ceredig a Carys yn ôl efo clamp o hambwrdd a diodydd i bawb arno fo, a thri lemonêd. Un i fi, un i Gwendoline ac un i Mr James. Gwin coch i bawb arall. Sut oedd Tiffany yn cael gwin, dwi ddim yn gwbod. Cawson ni le i fyny grisia yn sbio i lawr dros y lle dawnsio, a neb yn gallu deud dim byd wrth ei gilydd yn y sŵn mawr. Roedd y goleuada bob lliw yn fflachio ac yn troi yn gwneud imi deimlo'n rhyfadd.

Wrth sbio i lawr ar y lle dawnsio, dim ond Hari oeddwn i'n gallu ei weld rŵan yng nghanol y breichia a'r coesa oedd yn cicio allan i bob man. Teimlais i gysgod mawr y tu ôl i mi a llaw ar fy ysgwydd.

"Tyd efo fi!" medda Gari efo'i fys.

O na! Doedd o ddim isio i fi fynd i ddawnsio, nagoedd?

Aethon ni tuag at y bar ond troi yn sydyn drwy'r byrddau a'r cadeiria at arwydd wedi'i oleuo yn deud

NOTAUSGANG

O dan yr arwydd roedd yna gyrtans mawr tew yn hongian, a'r tu ôl iddo fo roedd yna ddrws wedi'i gau. Safon ni yn y sŵn mawr am eiliad i Gari gael sbio o'i gwmpas. Wedyn, wnaeth o fy rhoi i sefyll y tu ôl i'r cyrtans mawr tew 'ma. Un peth da oedd bod hi 'chydig tawelach yna. Pam? Dwi'm yn gwbod, ond mi wnes i fel roedd o'n deud, a sefyll yn y tywyllwch mawr wrth y drws exit.

Ymhen ryw funud neu ddau, daeth 'na ola uwch fy mhen a llaw Gari yn rhoi peint o gwrw melyn i fi.

"Dyna chdi, Byti boi!" medda fo yn uchal ofnadwy, 'di arfar siarad mewn lle fel yma. "Lawr â fo rŵan. Ddo i 'nôl mewn rhyw bum munud!"

Do'n i ddim yn licio'r ddiod i ddechra ond mi wnaeth o wella wrth i fi yfad mwy. Roedd o'n reit neis erbyn y diwadd!

Rhoddodd Gari ei law fawr 'nôl mewn tu ôl i'r drws i gymryd y gwydr a deud wrtha i efo'i fys am ddod allan o'r ochr arall. A dyna wnes i! Ro'n i'n teimlo'n rêl boi ond bod fy mol i bron â byrstio wrth i Gari gerdded efo fi yn ôl at bawb arall, ac wedyn ei g'leuo hi lawr y grisia i ddawnsio eto.

"Lle ti 'di bod?" gofynnodd Mam efo'i llygaid.

Ping! Ffôn yn crynu yn fy mhoced, Neges gan Gwendoline ...

Weles i ti!
Gweld be?
Cuddio tu ôl i'r llenni 'na!
Syniad Gari!

Be gest ti?
Peroni!
Ha!
Paid â deud wrth neb! 🤐
👍

Roedd hi'n amlwg fod Mr Lewis Lewis a Ceredig eisiau gadael a doedd Mr James ddim yn edrych yn hapus iawn chwaith. Erbyn hyn roedd Tiffany wedi cyrraedd y llawr dawnsio ac yn gwneud ei mŵfs ei hun rhwng Gari a Hari.

"Amser mynd!" medda Mam efo'i llaw a dilynon ni Ceredig i lawr y grisia ac allan o'r lle i'r awyr iach. Roedd yna giw hir hir o bobol yn disgwyl am gael mynd i mewn, a'r dynion wrth y drws yn edrych yn beryg iawn, iawn. Lwcus mod i heb gael fy nal yn cuddio ac yn yfad lagyr!

"Yffach, ma cacwn yn fy nghlustie i!" medda Mr Lewis Lewis. "'Na chi be o'dd sŵn!"

"Roedd hi'n amser gadael," medda Mr James. "Hogia bach, oedd wir!"

A dyna pryd, wrth gerdded yn ôl am y gwesty y gwelon ni nhw, dau siâp yr oeddan ni'n eu hadnabod y tu allan i ryw fanc. Carys a Ronald yn cusanu yn erbyn wal yr adeilad. Ei gwallt coch yn gwneud silwét fel coeden bonsai ar ei phen hi a phen moel Ronald yn sgleinio yn y golau neon uwch ei ben.

"Bobol annwyl!" medda Mr James.

"Carys?" medda Ceredig.

"Ronald?" medda Mr Lewis Lewis.

Stopiodd y ddau yn sydyn ac ymwahanu fel dau blentyn drwg wedi cael eu dal yn 'rysgol. Sbiodd y ddau ar y llawr. Roedden nhw'n edrych mor euog.

"Ar y ffordd yn ôl i'r gwesty ydan ni!" medda Mam yn trio swnio'n ffwrdd â hi.

"Mi welwn ni chi yn y bore!" medda Mr James yn reit flin.

Mae'n rhaid bod Mr James yn meddwl yr un fath â fi. Roedden nhw wedi twyllo efo'r gystadleuaeth ac wedi cael dod ar drip nad oedden nhw wedi'i ennill go iawn. Roedden nhw wedi cael y mil o ewros i'w wario hefyd! Wnaeth o ddim deud dim byd, ond yng ngolau cyntedd y gwesty ro'n i'n gallu gweld yr olwynion bach yn ei feddwl o yn troi.

'Nôl adra!

Y bore wedyn, gawson ni gyd lot o draffarth i gario pob dim oedd gynnon ni o'r gwesty i orsaf Nuremberg, ond cyrhaeddodd Tiffany a Ron mewn tacsi. Tawel iawn oedd Carys ar y platfform a doedd yna neb yn deud llawer o ddim, dim ond sŵn Mr Lewis Lewis yn chwibanu 'Ar hyd y nos'.

Roedd yr awyr yn llwyd uwchben. Roedd pob man ar fore Sul yn llonydd, llonydd wrth i'r trên fynd â ni i Munich. Trên wedyn i'r Flughafen, y maes awyr mawr.

Mi wnes i gysgu'r holl ffordd adra a deffro bob hyn a hyn i gael cip ar fy Gazelles newydd sbon. Ges i freuddwyd ryfadd am Gwendoline efo mwstásh du yn neis neis un munud ac wedyn yn gas ofnadwy efo fi. Wedyn, ro'n i yn y clwb nos a fy nglustia i'n boeth ar ôl yfad diod felen fawr. Wedyn, roedd Carys a Ron yn y carchar, a Mr James yn siarad efo nhw drwy'r twll yn y drws. "Cywilydd arnoch chi! Cywilydd arnoch chi fyhafio fel yna!" medda ei lais blin ac roedd o wedi clymu ei dei rownd ei ben ac yn dawnsio fel robot.

Ar ôl cyrraedd adra mi wnes i roi fy mhresanta i bawb. Mi ddwedodd pawb diolch yn fawr amdanyn nhw. Roedd ein tŷ ni yn edrych yn neis ofnadwy dros Dolig gan fod Mam 'di cael cymaint o betha o'r Christkindlesmarkt – sêr a goleuada a chanhwylla.

Daeth Dyl i nôl ei bresant ac mi welais Lowri i roi ei chrys-T iddi hi.

Wnes i ddim deud dim byd wrth neb am Gwendoline, ond mi ges i neges ganddi ddiwrnod Dolig yn gofyn a o'n i isio mynd i'w gweld hi i Gonwy neu i Landudno cyn i ni fynd 'nôl i'r ysgol. Bosib iawn, Gwendoline, bosib iawn! Meddyliais i am y peth a holi Dad fel hyn,

"Dad, pryd gawn ni fynd i weld y melina gwynt sydd yn y môr wrth ogledd Cymru?"

"Awel y Môr?" medda Dad yn codi i ista ar flaen ei gadair ac yn ateb yn lot cynt na mae o'n arfer ei wneud.

"Ia!" medda fi.

"Mi awn ni gwylia 'ma. Werth eu gweld nhw, 'sdi!" medda Dad, yn hapus efo'i drenyrs newydd ond yn hapusach fyth efo'i fab oedd yn dangos diddordeb mewn rhwbath call o'r diwedd!

"Cyn diwedd y gwylia 'ma!" medda fo eto.

Daeth yna ebost gan yr FAW cyn diwedd y gwylia hefyd. Ro'n i a Mr James yn gywir! Mi ffendion nhw allan fod Carys a Ronald wedi twyllo, rhywsut, yn y gystadleuaeth er mwyn i Tiffany gael ennill y tocyn aur. Roedd Carys wedi colli ei swydd efo'r FAW am hyn, a doedd Ronald byth eto yn cael bod yn stiward yng ngemau pêl-droed Cymru yng Nghaerdydd. Roedd o wedi gorfod rhoi ei fathodyn ID a'i gôt stiward yn ôl hefyd. Dyna pam, felly, eu bod nhw wedi aros mewn gwesty arall, er mwyn trio dangos nad oedden nhw'n adnabod ei gilydd. Wnaethon nhw ddim job dda iawn o hynny!

Dwi'n ffrindia WhatsApp efo Gari a Hari a Ceredig. Mae'r Flinty boys yn anfon petha dwl imi bob munud – petha dwi ofn i Mam weld! Mae Ceredig yn anfon llunia hefyd, llunia o dîm Ffos-y-ffin yn eu cit newydd, ac mae o a Lewis Lad yn sefyll bob ochr iddyn nhw'n wên o glust i glust.

Roedd Lowri wrth ei bodd efo'i hanrheg hefyd. Mi roddodd hi sws i fi ar fy moch a fy nal am yn hir i weld os baswn i'n rhoi sws yn ôl iddi. Wnes i ddim, ond ro'n i isio rhoi sws iddi, a deud y gwir. Twpsyn! Tynnodd hi ei chrys-T Nike gwyrdd i ffwrdd o fy mlaen i a rhoi'r crys-T pinc newydd amdani. Doeddwn i ddim yn gwbod lle i sbio! Roedd hi'n edrych yn ddel ofnadwy yn y crys-T adidas newydd pinc 'na. Gobeithio nad ydw i wedi colli fy nghyfle efo Lowri.

A finna? Dwi'n rêl boi yn fy adidas Originals Handball Spezial, du a choch. Fory, mi fydda i'n eu gwisgo nhw i fynd efo Dyl i'r *gym* eto. Nid Brenin y Trenyrs fydda i rŵan. O'r Almaen y daeth y trenyrs yma, ynde, felly Kaiser y Trenyrs fydda i rŵan. Er, dwi'n gwbod be fydd gan Dyl i'w ddeud am hynna – deud wrtha i, ei "hen fêt" o, am gallio!

Yr awdur ... ym mhencadlys cwmni adidas yn Herzogenaurach, yr Almaen.

CYFRES Y TRENYRS

Adidas, Nike, Puma, Vans, Converse, Reebox ...

Dyma stori am fachgen sydd wrth ei fodd efo trenyrs! Mae o'n ysu am gael pâr o'r trenyrs Adidas gorau sydd yn siop 'sgidiau fwyaf cŵl y dre, Foot Locker.

Coeliwch fi, nid tasg hawdd ydy cael trenyrs eich breuddwydion a hwythau'n costio ffortiwn! Beth am gael job dydd Sadwrn? Dim gobaith caneri yn dair ar ddeg oed! Beth am berswadio dad fod y Gazelles sydd am ei draed ers dau ddeg tri mis a phedwar diwrnod yn rhy fach ac yn drewi fel toilet Yncl Roy ar fore Sul? Anodd iawn! A fydd ei ffrindiau yn gallu ei helpu i hel pres? Beth am y ferch sydd ar fin dod yn gariad iddo? Fydd ganddi hi syniadau? Cawn weld!

CYFRES ACADEMI'R CAMPAU

Cyfres boblogaidd am bobl ifanc yn serennu ym myd chwaraeon

Brwydr y Bêl

£5.99

Mae Jo wedi cael ei ddewis, gyda phedwar plentyn arall, i fynychu academi chwaraeon gorau'r byd ar ynys yng nghanol y môr. Ond a yw cyfrinachau'r Academi yn ddiogel ...?

Sôn am Sgarmes

£6.50

Mae Kim wedi bod yn Academi'r Campau ers rhai misoedd, a'r criw yn mynd i gystadlu yng Nghwpan Rygbi'r Byd. Wrth i rymoedd sinistr geisio eu hatal bob cam o'r ffordd, a fydd modd iddyn nhw fod yn bencampwyr?

CYFRES RYGBI

£5.99 yr un

Cyfres wych am chwaraeon, ysbrydion, ysgol, hanes ac antur!